# 魔幻偵探所

## 18

# 東京灣殺人事件

關景峰 著

新雅文化事業有限公司

www.sunya.com.hk

# 魔幻偵探所

## 人物介紹

### 南森

身分：魔幻偵探所創辦人、領頭羊

年齡：120歲

畢業學校：斯塔福德學院（伏魔系）

學位：博士

捉妖經驗：108年，獲得「捉妖能手」、「怪獸剋星」等稱號

性格：週事鎮定、善於思考，生氣時聽到幾句好話氣就消了

最具殺傷力的武器：
顯形粉、細妖繩、無影鋼鐵牆

### 海倫

身分：魔幻偵探所成員，南森的得力助手

年齡：13歲

畢業學校：劍橋大學（法術系）

學位：學士

捉妖經驗：1年

性格：開朗、逢事觀察細緻，吵架時總讓着本傑明

最具殺傷力的武器：細妖繩、凝固氣流彈

倫敦貝克街 1 號有一家 **魔幻偵探所**，
成員們精通魔法，法術高明，在一系列緊張
而又富於冒險性的偵探過程中，他們並肩作戰，
成功偵破了一宗又一宗錯綜複雜、
動人心魄的魔怪案件。

## 本傑明

身分：魔幻偵探所實習生

年齡：11 歲

就讀學校：牛津大學（捉妖系）

捉妖經驗：3 個月

性格：聰明淘氣、遇事毛躁

最厲害的戰術：非常規戰術

## 保羅

身分：魔幻偵探所機械狗

年齡：100 歲

工作能力：無所不知的電腦資料
庫，善於用百分比分析事物

性格：異想天開、調皮、懶惰

最喜歡的食物：潤滑油

最具殺傷力的武器：追妖導彈

# 特級裝備

### 綑妖繩
能夠對準魔怪迅速旋轉收縮，將它細緊綁實，繩子一旦落到魔怪身上，就像嵌入肉裏，魔怪越掙脫綁得越緊，當然放繩子時可要放得準才行。

### 無影鋼鐵牆
這堵牆其實就是氣流，它把氣流變成了無影無形的鋼鐵牆壁，能將敵人困在其中，衝不出去。

### 顯形粉
這是一種非常神奇的粉末，即使魔怪偽裝、隱形了也完全能顯現出它的原形。對了，「顯形」就是「現出原形」的意思！

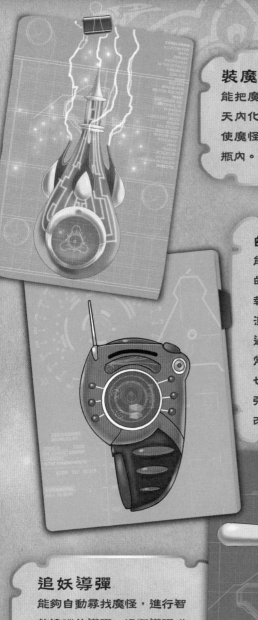

## 裝魔瓶

能把魔怪收進裏面，使其在三天內化成清水的神奇瓶子。即使魔怪身形再龐大，也能收進瓶內。

## 幽靈雷達

能夠準確測定氣流存在的方位，並及時發出警報的裝置。它能跟蹤、測定魔怪在哪裏。不過，如果魔怪的魔力非常強，幽靈雷達有時候也可能測不到，它的更強大的功能還有待你去改進！

## 追妖導彈

能夠自動尋找魔怪，進行智能追蹤的導彈，這種導彈威力比較大，一般魔怪根本抵抗不了。

魔幻偵探開始行動！

# 目錄

# 第一章　橋本先生

「聽清楚，是阿里嘎托，不是阿里阿多。」一架飛機航班上，海倫對身邊的本傑明說道，「你那樣說，空姐聽不懂的。」

「誰說的，她聽懂了。」本傑明爭辯道，「她還對我笑呢。」

「噢，那是出於禮貌，明白嗎？」海倫一副無奈的樣子，「你就是對她說阿多阿多，她也會對你笑的，難道要對着你哭嗎?」

「哼，你又不是日本人，你的發音就對嗎？」本傑明有些不高興了。

「那我們問博士好了。」海倫不肯罷休，他們此時在一架日航的航班上，目的地是日本東京。海倫把頭轉向右邊的博士，「博士，你說日語『謝謝』的發音是阿里嘎托還是阿里阿多？」

「嗯？」博士不知道在想什麼，他忽然聽到了海倫的話，眉毛微微一皺，「這個……嗨，我說，你們兩個為什麼不休息一會？或是看看電視，放鬆一下……」

「爭辯對我們來説就是最好的放鬆，」海倫搖搖頭，「這你知道！」

「噢，」博士聳聳肩，「這倒是……不過你剛才的問題……我也不是很確定，我是説，要是保羅在這裏，你們可以問他，火星文他都能告訴你們。噢，保羅，可憐的老伙計，他現在在行李艙裏……」

「那是因為他帶了十隻貓參觀你的實驗室，打壞了十個玻璃容器，你罰他這次來日本不能坐客艙。」海倫一副為保羅抱不平的樣子。

「破碎容器裏的化學物質都混在一起了，要不是本傑明及時發現……」博士探頭看看隔着海倫的本傑明，「實驗室就會燒起來，這太危險了。這我早就告訴過他了。」

「所以……」本傑明笑着看看博士，「還是我的發音正確吧，博士？」

博士雙手一攤，做出一個無能為力的表情。

魔幻偵探所的魔幻偵探們此次前往日本，是因為接到一個東京魔法師聯合會的緊急來電，來電説東京灣的某個區域接連發生兩件襲擊事件，經過當地魔法師確認是魔怪作案，除此之外一無所知，所以請博士一行緊急前往東京破案。

東京方面描述不出其他什麼線索，只是很是焦急。博

士他們連忙出發，本傑明和海倫非常興奮，他們是第一次到日本去，博士幾十年前曾經去過一次，當時是開會，行色匆匆，會議一結束就馬上回國了。臨去之前，海倫和本傑明還上網查了幾句日語的日常用語，本傑明一上飛機就神氣活現地使用，不過翻來覆去就是那兩句——你好和謝謝。

日航的航班全速前進，又過了幾個小時，他們降落在東京羽田國際機場。

三個人下了飛機，很快就過了關，然後來到取行李處，不一會，各式的行李箱出現在輸送帶上，博士看到自己的行李箱，飛快地跑過去拿下來，隨後連忙打開，只見保羅安靜地躺在裏面。

「嗨，老伙計，我們到了。」博士看看四邊無人，笑着說。

「哼！」保羅把頭一扭，依然躺在那裏，還閉上了眼睛。

「還在生氣？」博士好像虧欠了保羅一樣，「我說，是你不對呀……」

「哼！」保羅又一扭頭，繼續閉着眼。

「好啦好啦，我們出去了。」本傑明說着抱起保羅，「對啦……干你次娃，保羅，我的日語正宗吧？」

「還好吧！」保羅晃晃頭。

幾個人一起向外走去，出口外面，有很多人在等候客人，來之前東京魔法師聯合會的人說會派人接機，本傑明一來到出口就看那些舉着的牌子或拿在手裏的紙張。

「嗨，博士，是那個人。」本傑明發現有個中年男子舉着一張A3複印紙，上面寫着「南森博士」幾個字。

「嗯，沒錯。」海倫也看到了，回過頭來看看博士，「那是來接我們的人。」

本傑明抱着保羅衝了過去，在那人面前深深地鞠了一個接近90度的躬。

「干你次娃！」本傑明大聲說道。

「啊？」那人先是嚇了一跳，隨後連忙鞠躬，隨後驚奇地望着本傑明，用日語說道，「你會說日本話？」

本傑明當即愣住，不知道該怎麼說了，因為他一點也聽不懂。

「他就只會說三句。」保羅看着那人，「你好，謝謝，再見；再見，謝謝，你好。」

「噢，」那人看看保羅，笑了，他連忙用英語說，「歡迎光臨，我來接南森博士，你一定是保羅⋯⋯」

「你好，我是南森。」博士走了過來，他微微地鞠躬。

「南森博士，久仰了。」那人連忙用力鞠躬，「我是東京魔法師聯合會的橋本良介，叫我橋本好了，很高興認識你們，非常感謝你們不辭跋涉來到東京……」

「噢，沒什麼。」博士連忙說，「這幾位是我的助手，海倫，本傑明，還有保羅……」

「被關在行李箱托運的助手。」保羅沒精打采地說。

「噢，保羅，你以前也經常被托運的。」海倫試圖開解他。

「那是以前，自從我坐了幾次客艙，就不喜歡被托運了。」保羅一臉不高興地對海倫說，「海倫，你又沒有被托運過……」

「好了，好了。」博士連忙擺擺手，他不好意思地看看一頭霧水的橋本，「對不起，一點小誤會。我們可以走了。」

「好的，請跟我來。」橋本連忙說，隨後做了一個請的動作。

「橋本先生。」海倫跟在橋本身後，邊走邊問，「你的英語好極了，而且還是英式英語呢。」

「我是倫敦大學的畢業生。」橋本笑了笑，「倫敦大學魔法系，讀書期間在倫敦魔法師聯合會實習過半年，畢業後回國，現在在東京魔法師聯合會工作。」

「噢，原來如此。」海倫點着頭説。

大家跟着橋本先生一起出了機場大堂，他們上了橋本開來的車，向市區的東京魔法師聯合會駛去。海倫和本傑明離開機場就四處張望，他們對這裏充滿了好奇。

汽車剛剛開出機場，坐在橋本身邊的博士就把頭轉向了他。

「嘿……橋本先生，我還不知道具體情況是什麼，請問你……」

「非常棘手呀。」橋本的臉色立即陰沉了下來，「噢，你們往右邊看，看到了吧？那就是東京灣……」

幾個人看着車窗的右側，他們看到了百米外藍色的水面，一條船正慢慢地行駛在水面上。

「有兩個人在東京灣遭到了襲擊，當然，不是這裏，東京灣很大。」橋本説道，「兩人全部死亡，警方檢驗後説不是人類所為，案子交給了魔法師聯合會。」

「那你們找到什麼線索了嗎？」博士問。

「只能確定是魔怪所為。」橋本也看着右側的東京灣，「我們是魔法師，不是偵探，東京也有一位享負盛名的魔法偵探，叫近藤一郎……」

「是近藤大師，我見過。」博士連忙接過話。

「噢，我想你們一定認識。」橋本點點頭，「可是他

現在身在巴西，有事無法脫身，魔法師聯合會馬上就想到了您，希望您能儘快解決這件事，案發地點距離人口稠密區不太遠，我們擔心再有襲擊事件發生。」

「完全理解，」博士說，「我一定盡全力。」

沒多久，汽車駛入了市中心，海倫和本傑明對東京的第一印象就是這裏到處都是人，到處都是高樓，不愧為東方大都市。

汽車進入東京中央區的一座大樓的停車場，大家下了車，跟着橋本乘坐電梯，一起來到了位於十樓的東京魔法師聯合會辦公室。三浦先生——魔法師聯合會魔法事務部主任，一個白髮長者，正等着他們。

橋本給大家做了相互的介紹，三浦先生的英文不如橋本，但是溝通沒問題，他直接進入了主題，在三浦先生的辦公桌上，攤開了一張非常大的東京地圖，三浦先生指着地圖，看了看博士他們。

「案發地點就在這裏，江東區的最南端的若洲海濱公園地區。」三浦先生嚴肅地說，「本月21號發生一件，23號又一件，兩人遇襲身亡，案發時間不一樣，遇襲地點接近，21號那件發生在下午，23號的發生在中午，死者是一男一女。」

說着，三浦先生又打開了一個資料袋，從裏面拿出來

幾張照片，照片上是兩個死者，只見這兩個死者死時的狀況非常悲慘，海倫不禁皺起了眉頭。

「男性死者的胸口位置遭到了重擊，警方居然檢驗到了掌印，説明襲擊者用手掌擊中死者的胸口，而且只打了一次，擊打部位的肋骨全部斷裂，不可思議的是，連擊打部位附近的肋骨也發生了斷裂。」三浦先生説着又拿出一份做了英文翻譯的驗屍報告，遞給博士，「一般來説，人類的力量無法做到這一點，即使是一個重量級拳擊冠軍，也達不到這樣的重擊。」

博士接過報告，立刻看了起來，本傑明和海倫也湊過頭去看。

「女性死者被手掌擊中了後背，擊中部位以及周圍骨頭全部斷裂，警方也發現了掌印。」三浦先生繼續介紹，「同樣是一擊斃命，也許這兩個人遇到了極其力大無比的傢伙，但是驗屍報告在兩位死者的脖頸部位發現了牙印，同時發現兩位死者身體慘白，原因是他們幾乎被吸光了血！」

「啊！」本傑明小聲地叫了出來，看起來襲擊者非常殘忍。

「牙印痕跡顯示，那不是人類的牙齒，也不是動物的牙齒。綜合這些特徵，警方認為是魔怪作案。」三浦先生

看看本傑明。

「殺人後吸血。」博士在一邊，輕聲說道，「應該是魔怪作案，但是要進一步確定……請問，警方還掌握了什麼線索？」

「只有這些了。」三浦先生說，他指了指資料袋，「全在這裏面，給你們的是英文報告。」

「兩位死者的屍體還在吧？」博士忽然問道。

「在的，」三浦先生點點頭，「在東京警視廳鑑證事務組，由他們保管。」

「我要親自去檢查一下。」博士馬上說，「檢查完屍體，我還要去現場看看，這些都沒問題吧？」

「當然沒問題。」三浦先生看着博士，「不過你們剛到，要不要先休息一下……」

「不用，我很好。」博士說完看看幾個小助手，「你們幾個累嗎？要不要去酒店休息一下？」

「我不累。」本傑明連忙說，他把頭轉向三浦，「三浦先生，博士現在就是去休息也休息不好，他是個雷厲風行的人，當然，我也是一樣。」

「這倒是聽說過。」三浦先生有些感慨地說，他拍拍本傑明的肩膀，「你這麼小的年紀，也這樣敬業，真是太讓人感動了。」

「哼！」海倫不屑地看看本傑明，本傑明得意地晃晃腦袋。

「南森博士，這次真是辛苦你了。」三浦先生很抱歉地說，「我會馬上通知警方，另外，橋本先生這次會全程協助你們，有什麼事請和他說。」

「好的，」博士轉頭看看橋本，「要多多麻煩你了。」

「請多多指教。」橋本立即很正式地鞠躬，「這次還要向前輩好好學習。」

# 第二章　跟蹤者

半小時後，博士他們在橋本的帶領下來到了東京警視廳的鑑證事務組，兩名法醫接待了他們，並把他們直接領到了鑑證中心。在冷藏庫裏，博士他們對兩個遇害者的屍體進行了檢測。保羅對死者身上的創傷以及脖頸部位的牙印進行了掃描檢測，沒有檢測出魔怪痕跡反應，不過博士說這有可能是死亡時間較長，魔怪反應已經消失了。但是從牙印分析，保羅判斷90%是魔怪所為。

離開了警視廳，他們驅車前往案發現場，案發地點若洲海濱公園位於江東區的最南端的一個小島上，這裏屬於人煙稀少地帶，有一些工廠，居民極少。開放式的海濱公園瀕臨東京灣，並佔據了整個島的東部。海濱公園向北，穿過一座不算寬但比較長的橋，就是居民眾多的陸地了，小島和陸地唯一相連的就是這座橋，橋下是注入東京灣的砂町南運河的河口。

來到案發現場，已經是下午五時了，夕陽斜照大地，因為這裏地處東京灣，給人的感覺是空氣非常濕潤，也許是聽聞了襲擊事件的消息，海濱公園的遊客不多。

橋本把車停到公園北面的停車場，隨後帶着博士他們來到了第一件襲擊事件的案發現場。

案發現場在公園西側的一條道路上，大家下車後一直向南走，走了四百多米，橋本説案發現場到了，保羅立即開啟了魔怪預警系統進行探測，海倫和本傑明也使用幽靈雷達，希望找到一些線索。

「這裏就是發現第一個死者的地方，死者是男性。」橋本把博士帶到一棵樹下，「當時死者就躺在樹後，一個路人發現了他。」

博士在樹後俯下身，看着案發現場，這裏已經被清理乾淨了，海倫用手裏的雷達對着那裏探測，不過沒有任何結果。

「那邊，向北一百多米有個向左的小路，第二個死者就是在小路轉角處遇害的。」橋本指着南面説道，「死者是在一株灌木後被發現的。」

「距離很近呀。」博士用深邃的目光望着那邊。

「是呀，」橋本點點頭，「警方向我們説明了情況後，我們立即派人在這裏守候伏擊，但是襲擊者暫時沒有再來。」

博士沒有説話，只是輕輕地點點頭，他又看看案發現場，然後把頭轉向了橋本。

「我們去那邊看看吧。」博士指了指第二處案發地點。

大家向南來到第二處案發現場，保羅東聞西嗅，海倫和本傑明用雷達掃射着周圍，當然，他們依舊未能找到任何魔怪反應。

「有關目擊者，我剛才在車上簡單看了一下報告。」博士對橋本説，「警方説沒有找到直接的目擊證人。」

「是的。」橋本指了指兩處案發地點，「你看到了，這條路上沒什麼人。除了周末，這裏只有一些附近工廠的工人走動，偶爾有小島北面居民區的居民來這裏，所以警方沒有找到目擊證人。」

「要真是魔怪作案，不會留下直接目擊者的。」海倫插話道，「因為即使有人藏起來，魔怪也能感知到的。」

「是的。」本傑明跟着説，「魔怪不會留下活口的。」

「嗯，」博士表示同意，他指了指北面，「我們沿着這條路走走，也許會發現些什麼。」

「好的。」大家一起説道。

博士第一個向北走去，他不説話，只是向前走，好像有目標似的。大家跟在他身後，不知道博士要幹什麼。

很快，他們走過了第一處案發現場，又向前走了兩百

22

多米，保羅看到前面的一處座椅上，有一個老婆婆坐在那裏，老婆婆面無表情地望着眼前的道路，剛才他們開車來的時候經過這裏時，已看到了這個老婆婆。老婆婆坐着的地方向北一百米就是那座橋了。

博士徑直走了過去，他站到老婆婆的身邊，老婆婆看到博士，稍微有些吃驚，不過她隨即笑了笑。博士也對她笑笑，橋本走了過來。

「你來問問她，」博士請橋本當翻譯，「她是不是經常在這裏坐着？」

橋本點點頭，隨後用日語開始問話。老婆婆回答説她經常坐在這裏，她家就在這附近。

「你問問，案發時間她有沒有看到什麼異樣的情況？」博士説。

橋本對老婆婆説了很多話，同時還比劃着，就彷彿老婆婆不會日語一樣，老婆婆耳朵有些背，情緒似乎激動起來。

「枝子，我看見枝子走過去，就在她死的那一天。」老婆婆重複地説了兩遍，「後來聽説她死了，警察也問過我……」

「枝子，稻本枝子，就是那名女性受害者的名字。」橋本在一邊對博士説，「她是第二名受害者，23日遇害

的。」

「那天沒什麼異常呀。」老婆婆看橋本説完，説道，「我在這裏坐了半天，沒看到什麼異常。」

博士對老婆婆點點頭，隨後看看橋本。

「老婆婆好像認識死者。」

橋本連忙詢問，得到了一個肯定的回答，老婆婆認識死者，她們兩家住得不遠。

博士聽完橋本的翻譯，慢慢地坐在老婆婆身邊。老婆婆笑瞇瞇地看着博士，博士也笑了笑。他示意大家都坐下來。

「你是……美國人？」老婆婆好奇地對博士説。

「不，我是英國人，英國。」博士連忙説。

「噢，好遠的國家。」老婆婆説。

「是的，要坐很長時間的飛機。」博士説，「你的家，就在這裏附近？」

「嗯，過了橋就是。」

「請問，你是一個人生活嗎？」博士關切地問，「你的孩子和你住在一起嗎？」

「我一個人住，我的孩子都在市中心，他們工作很忙，很少回來。」

「一個人住會很辛苦吧？」博士點點頭，「我看你的

24

年紀很大了。」

「不辛苦。」老婆婆搖搖頭，她笑了起來，「我早就習慣了，噢，我的身體其實好得很呢。」

「看得出來。」博士笑着說。

一邊的本傑明有些不耐煩了，查案的時刻，博士居然和這個老婆婆悠閒地聊起了家庭事。看到本傑明坐立不安的樣子，海倫瞪了他一眼，不過她也不太清楚博士為什麼這樣有閒情，海倫低頭一看，保羅也很不耐煩地在長椅邊走來走去。

橋本倒是一絲不苟地在旁邊翻譯，博士和老婆婆聊得很開心，他們聊起了老婆婆的鄰居們，博士說老婆婆有困難可以找鄰居們幫忙。

「是的，他們會幫我提菜回來。」老婆婆很開心地說。

「枝子也是你的鄰居吧？」博士忽然問。

「嗯。」老婆婆的臉色變得有些沉重了，「可惜呀，枝子死了。」

「請仔細想一想，你那天有沒有看到什麼異常的情況。」博士緩緩地說，「我知道，警察問過你了，但是請仔細想一想。」

「你們是……」老婆婆詫異地看着博士。

破案的關鍵時期，博士為什麼還要和老婆婆聊家常呢？

「私家偵探。」博士解釋道。

「噢，我明白了。」老婆婆説着低下了頭，過了一分鐘才開口，「枝子走過去時，我看見她，還和她打招呼了，其他的嘛……」

説着，老婆婆抬起頭，用一種説不出的眼光望着博

26

士，博士也認真地看着老婆婆。

「只是……有個人在枝子身後。」老婆婆突然説，「一個普通人，看起來是路過的，枝子先走過來，和我打了招呼，然後就是這個人從我面前走了過去，不知道這算不算是異常？我覺得不是，有人從這裏經過很正常，所以我沒有跟警察説，而且如果不是和你聊天，我都忘了那天有個人在枝子身後走過呢。」

「有人在枝子身後？」博士若有所思，「什麼樣的人？男人？女人？」

「是個男人。」老婆婆説，「枝子走過去時，男人也走過去了，他就在枝子身後，也許是附近工廠的工人，好像穿的是工人的工作服。」

「他有什麼特點嗎？」博士繼續問，「他穿着怎樣的工作服？」

「嗯，頭髮比較長，好像還是濕的，剛從浴室出來的樣子。」老婆婆説，「也許剛洗好澡，他穿的……好像是工作服，不過我記不清了。他的樣子嘛……我想不起來了，真的想不起來了。」

「頭髮是濕的？」博士變得嚴肅起來，他向北面的橋頭望了望，又看了看斜對面，斜對面是一座叫「千住」的運輸倉庫，偶爾有汽車從裏面開出來。博士又低頭想了想

什麼，「那你以前見過他嗎？」

「沒有，從來沒有。」

「老婆婆，你那天是什麼時候看到枝子走過去的？」博士懇切地說，「請仔細想一想，這對我們來說非常重要。」

「讓我想一想。」老婆婆看到博士這副神態，凝重起來，她皺起了眉頭，仔細地想着，過了一分鐘，她看看博士和橋本，語氣非常緩慢，「我想是……中午吧，那時是回家吃飯的時間了，這時枝子走了過來……」

「報告上稱死者遇害時間就在23日中午十二點到三點之間。」博士稍有些激動，「那個男子有很大嫌疑。」

「我看過報告的，警方調查中說詢問過這位老婆婆，但是老婆婆沒說有人跟着死者呀。」橋本緊張起來，旁邊的本傑明和海倫也緊張起來，保羅也不亂走動了。

「那份報告也許有些例行公事。」博士打斷了橋本的話，他認真地看着老婆婆，還指着不遠處的轉角，「你不知道嗎？枝子就是中午到下午三點這段時間死亡的，就是說她有可能走到那個轉角後就遇害了！」

「啊，這我可不知道。」老婆婆顯然害怕了，「我只知道枝子那天死了，什麼時候死的不知道，而且我沒有聽到她呼救呀，後來我就回家了……」

「沒事，沒事。警察是不會告訴你死者具體遇害時間的，你不要害怕。」博士說着看看大家，「這很正常，所以也不能怪警方問話是例行公事。」

「枝子當時沒有呼救呀……」老婆婆在一邊喃喃地說，似乎在自責。

「老婆婆，不要緊張。」博士馬上安慰老婆婆，「我們只是在調查，也許她是在下午三點遇害的，那時你早就回家了，而且你沒有聽到呼救聲……」

老婆婆聽了博士的話，寬心了很多。博士又安慰了幾句，他忽然想到了什麼。

「啊，老婆婆，也許你聽說了，枝子是23日遇害的，21日還有一名受害者，名叫山口義一，是附近工廠的工人。」博士慢慢地說，「你認識他嗎？當天你也在這裏嗎？」

「我聽說了，但不認識這個人。」老婆婆說道，「枝子死的前幾天我在市中心女兒家，沒來這裏……哎，這是怎麼了，兩條人命呀。」

「老婆婆，你也要當心呀。」博士善意地提醒，「你不怕嗎？我看案子偵破前你最好不要總是來這裏。」

「我不怕。」老婆婆一臉的不在乎，「我都這麼大歲數了，什麼都不怕……」

「還是要當心一些。」博士說着站起來，「那麼老婆婆，謝謝你，我們還有事，先走了。」

老婆婆也站了起來。博士向老婆婆揮手再見，大家向停車場走去，博士低着頭，像是在想什麼。

「一擊致命。」博士的語氣很果斷，「死者根本就沒機會呼救！」

「啊？」本傑明看看博士，「你相信是那個男子幹
的？」

　　「應該是他。」

　　「那我們怎麼辦？」本傑明連忙問，「怎麼去找那個
男子？」

　　「請警方協助，調取錄影資料。」博士説着一指對面

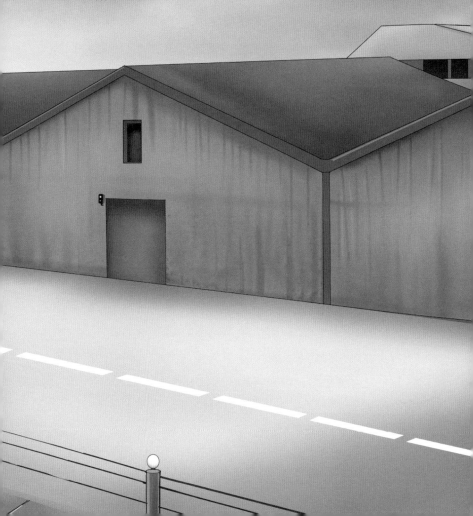

運輸倉庫門口，只見那個門口有兩部攝錄鏡頭，其中一部正對着道路。

「啊！博士，你觀察得真仔細。」本傑明興奮起來，「找到23號那天的錄影，就能找到跟着枝子的人了。」

「可能找不到。」博士說，「要是找到了，就排除他作案的可能。」

「吓？」本傑明當即就楞住了。

「真是笨呀！」海倫點了點本傑明的頭，「嗨，你們這些牛津的！魔怪是無法在人類的攝錄機中成像的，要是能出現，就證明他是個人類，不是魔怪。」

「你們這些劍橋的……」本傑明的第一反應就是馬上回擊，不過他隨即一想，海倫說的完全正確，只能尷尬地一笑，「一時忘記了，一時疏忽呀……」

「我看你總是疏忽。」海倫有些不依不饒的。

「誰說的？」本傑明立即跳了起來，「那只是你的偏見……」

「好了，好了。」博士見他倆又要吵起來，立即搖搖手，「我們馬上去警局，請他們幫助調閱錄影資料。枝子遇害當天的錄影和另外一名男受害者遇害當天的錄影都要看，男受害者有可能也從千住運輸倉庫前經過。」

兩個小助手停止了爭執，他們一起上了車，橋本把汽

車直接開到了東京警視廳。他們找到相關負責人，說明了情況，幾個小時後，警方將兩名遇害者當天案發時段的錄影資料從千住運輸倉庫取來。

# 第三章　水滴之謎

在警視廳的一間辦公室，大家圍在一台電視機前，一名警官開始播放枝子遇害時段的錄影，錄影是從當天上午十一點半開始播放的。

「啊，那是老婆婆。」剛開始播放錄影，本傑明就看到電視機最上方長椅上坐着的老婆婆，千住運輸倉庫的攝錄機角度正對着自己的大門口，不過也將處於攝錄範圍邊緣的老婆婆也拍了進去。

大家都屏住了呼吸，只見路上來往行人的確極少，有兩輛汽車開進了倉庫。博士示意那名警官，開始用快進的模式。

時間快速推進，十一點四十五分的樣子，一個女子出現在畫面邊緣，還和老婆婆打招呼，橋本認出那正是枝子，博士連忙叫停，並請那名警官倒帶後正常播放。

電視畫面上，枝子進入了鏡頭，她和老婆婆打了招呼，隨後開始進入畫面的中央位置，因為攝錄機距離公路很近，所以畫面極其清楚。

「後面沒有人。」海倫説道，「只有枝子自己。」

「這說明那個男子就是魔怪，他不會在人類攝錄機中成像。」本傑明連忙說。

「也許……」橋本的語氣有些懷疑，「老婆婆年紀大了，記憶力出現偏差，根本就沒有什麼人跟着枝子……」

「等一下。」博士說着看看那個播放錄影的警官，「請退回去十秒鐘，再播放一遍。」

那名警官答應一聲，開始倒帶，隨後再次播放，剛播放了五六秒鐘，博士連忙叫停，警官按下了暫停鍵。

「你們看這裏，」博士指着枝子身後幾米的地面，「水滴，這裏有水滴下來！看得不是很清楚，我覺得是水滴，無論如何，這是一處異常！」

「啊？」大家都愣住了，他們都沒有注意這個細節，海倫瞪大眼睛看着電視，「能再放一遍嗎？」

警官再次播放，這次他們看到枝子身後的地面上，突然出現了一個微小的黑點，非常像水滴落在地上的樣子。

「真的是呀！」橋本激動起來，「只是……還不是很清楚……」

「老伙計，馬上無線連接播放機，處理這一段畫面後放大分析。」博士對保羅說道。

保羅答應一聲，他走到播放機旁停下，兩眼射出兩

道藍色的射線，射線筆直地射進播放機裏，不到一分鐘時間，射線消失。

「錄影資料已經被我接收了。」保羅對博士説。

「馬上進行畫面處理。」博士説着看看電視畫面上的時間，「以十一點五十分三十一秒為中心，前後各截取十秒。」

保羅點點頭，站在原地處理畫面。那名警官十分驚奇地望着保羅，大家此時都很興奮，他們知道，博士有了重大發現。

「處理完畢。」保羅説着看看那個警官，用日語説

道，他的系統有翻譯功能，但是説出來的話因為要進行轉化處理，要慢半拍，「請在播放機中放入一張空白的光碟。」

那個警官好奇地望着保羅，他先是一愣，隨後連忙點頭。

「有趣，真有趣。」警官一邊説，一邊往播放機中放入一張光碟。

保羅的雙眼再次射出兩道藍光進入到播放機中，不到兩秒，他告訴那個警官可以播放了。

再次播放出來的畫面是放大了十倍的清晰圖像，只見一滴水像是從空氣中冒出來的一樣，直直地滴落在地上，濺起來的幾粒微小水滴也能看見。

「水滴從一米七十的空中滴落，落地後滲入在地下。」保羅在一邊解釋，「七秒鐘後，又有一滴水滴滴落，也是從一米七十的高度滴落的，兩次滴落距離枝子都是四米的距離，接下來枝子就走出了攝錄範圍，滴水情況也就看不到了……」

「我明白了。」本傑明指着電視畫面，「就是説確實有個頭髮很濕的傢伙跟在枝子身後，而且這傢伙是個無法在攝錄機中成像的魔怪，他無法成像，但是頭髮上的水是可以成像的，水不停地往下滴，被攝錄機捕捉到

了。」

「你的推斷準確率在99%以上，」保羅搖搖尾巴，「這是我最新統計的結果。」

「果然是魔怪作案呀。」海倫激動地說。

「嗯，目前可以確定是魔怪作案。」博士的話斬釘截鐵，「而且還可以斷定，這個傢伙身高在一米七十左右，他應該不是從浴室裏出來的，我想是從水裏爬出來跟在枝子身後！老婆婆說了，他的頭髮很長，所以從水中出來後，頭髮上積存了一些水，水邊走邊滴……我們看看男性受害者遇害時段的錄影。」

警視廳的警官連忙播放21號、也就是男受害者遇害時段的錄影。根據警方檢測，男子遇害時段在下午三點到五點之間。錄影是從兩點開始播放的，那名警官採用了快進的模式，當畫面行進到當日下午三點二十的時候，叫山口的男性受害者出現在畫面上。

大家立即仔細地盯着畫面，忽然，房間裏爆發出驚叫聲——海倫和本傑明都看到了水滴滴下，和前一個錄影中只是換了一個受害者，其他的一模一樣。

保羅連忙接收了錄影資料，並開始分析，結果和枝子受害前的情形幾乎完全一樣，有水滴在受害者身後三四米處從一米七十的高度滴在地上，攝錄機拍到了三次滴水的

情況。

「魔怪作案，魔怪作案。」本傑明興奮地望着大家，他用敬佩的目光看着博士，「終於發現了線索，我看這傢伙是個水怪吧？」

「你認為是個水怪？」橋本連忙對本傑明說，「我覺得也是，穿越東京的大河荒川和砂町南運河都在公園那裏注入東京灣，水怪一定就藏在那裏。」

「是不是水怪還不能確定，陸地上的魔怪同樣可以隱藏在水裏。」博士說道，他看了看身邊的警官，「請問有沒有案發地點的地圖？」

那名警官連忙說有，隨後跑了出去，幾分鐘後，他拿來一張東京江東區的地圖，鋪在桌子上。

博士俯下身，仔細地看着地圖，大家都圍了上來，一起看那張地圖。博士邊看邊在地圖上標出了魔怪作案的兩次地點等位置，隨後用手指了指連接海濱公園所在小島和陸地的那座橋。

「根據我的判斷，魔怪應該是躲在水中觀察地面情況，發現被害者就出水跟上，而不會從陸地那邊一直跟蹤過來，因為要跨過這座很長的橋，走不到千住運輸倉庫，頭上的水也應該滴乾淨了，這樣攝錄機也就拍不到滴水的畫面。」博士的眼睛一邊望着地圖，一邊分析道，他的手

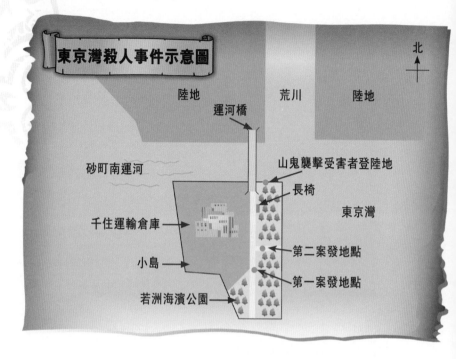

東京灣殺人事件示意圖

北

陸地　　　荒川　　　陸地

運河橋

砂町南運河

山鬼襲擊受害者登陸地

長椅

東京灣

千住運輸倉庫

第二案發地點

小島

第一案發地點

若洲海濱公園

指放在那座橋的南端，也就是小島這邊的橋頭，「我覺得魔怪很有可能就隱藏在橋頭這裏的水下，發現目標後出水跟上，橋頭距離千住運輸倉庫只有兩百米左右的距離，所以攝錄機還能拍到這傢伙頭上滴水的畫面。」

「嗯，一定是這樣的。」本傑明用力地點着頭，「那我們怎麼辦？我覺得應該去橋那裏找魔怪痕跡，説不定他還在水裏呢。」

「對，我們現在就趕過去。」博士又看了一眼地圖，「至於他是在橋的西側還是東側隱藏的，到了以後應該能

找到答案。」

　大家離開警視廳，再次上了橋本的車。車剛剛開動，一直處於興奮狀態中的本傑明就叫起來。

　「這麼重要的線索，差點漏過去了。」本傑明激動地看着博士，「博士，警方已經詢問過老婆婆了，老婆婆都沒説出發現什麼異常，還是被你給問出來了。」

　「是呀，」海倫跟着説，「博士，我真是太佩服你了。」

　「呵呵。」博士微微一笑，「不同的對象，詢問的方式也不一樣。對於這樣年紀的老人，要有耐心，因為他們的記憶力不如年輕人，所以問話時要特別有耐心，直來直去的詢問效果不一定好，要和他們聊些家務事，啟發他們的回憶，這樣才能有所收穫。」

　「真知灼見呀。」一邊開車的橋本也感歎起來，「博士先生，這應該是經驗的積累才掌握到的辦法吧？」

　「嗯，」博士點點頭，「警方的調查者應該比較年輕，問話也比較簡單。」

　「跟您在一起，真的學到很多。」橋本又讚歎道，他通過後視鏡看看海倫和本傑明，「你們兩個真幸運，能找到這樣的老師。」

　他們再次來到海濱公園的時候，已經臨近傍晚了，大

家下了車，急匆匆地向橋頭趕去，經過長椅的時候，老婆婆不在那裏了。他們先來到橋頭東側，博士觀察了一下地形，橋頭的東側有一個沿着河沿的長長的斜坡，從坡頂走下去，就到砂町南運河邊。這個長斜坡其實就是運河的河堤。

河堤的斜坡很陡，河面距離坡頂的垂直距離大概有四米。本傑明到了河岸，第一個走下河堤，由於河堤斜坡很陡，本傑明手腳並用，幾乎是滑下河堤的。接着，保羅也沿着斜坡來到河岸邊，河岸邊有很多水草，在河水中搖擺着，幾塊大石頭露出了水面。

「大家都小心，不要滑到水裏去。」博士關切地喊道。

「博士，你看這裏。」海倫剛走下去，就有了發現，「這個是……手抓印吧？」

「等一下。」博士說着緩緩地下到河邊，斜坡距離水面半米的地方，有幾排比較清晰的印記，有的印痕清晰，有些則比較模糊，這些痕跡看起來非常像是手抓印，自下向上一直延伸到河堤頂部才消失。

「我覺得是爪印。」橋本站在那些痕跡旁，一臉嚴肅地說，「魔怪從水中出來攀爬斜坡留下的，斜坡很陡，所以他手腳並用，留下了這些爪印。」

「我同意。」海倫附和道。

「老伙計，先拍照，然後分析。」博士説着從口袋裏掏出一個放大鏡，他趴在一處清晰的爪印旁，臉幾乎貼着斜坡，仔細地觀察起來。

博士身旁，保羅開始對所有的印記拍照，本傑明和海倫則拿着幽靈雷達，對着河裏探測。

「如果沒有判斷錯，這是陸上某種魔怪的爪印。」博士看了一會，忽然説道。

「是嗎？」海倫和本傑明興奮起來，「真是魔怪爪印？」

「嗯，」博士説着又觀察了另外一處爪印，「這個印痕也非常清晰，能觀測到魔怪特有的指尖痕跡，類似於猛獸爪印，但是有明顯的區別，而東京這種地方不可能有什麼猛獸出沒。」

「為什麼説是陸地上的魔怪呢？」本傑明急着問。

「水怪長期生活在水裏，為了適應環境，幾乎所有水怪都生出手、腳蹼。」博士解釋道，「而我們看到的爪印痕跡沒有絲毫手、腳蹼的印記，所以初步斷定他是陸地魔怪。」

「那是陸地上的哪種魔怪呢？」本傑明繼續問。

「不能確定。」博士搖搖頭，「保羅會分析的，應該

能獲得更多的資訊。」

正説着，保羅的雙眼已經向一處最清晰的爪印射出兩道紅色的射線，兩分鐘後，射線消失，保羅得意地看了看大家。

「資料分析爪印有極輕微的魔怪反應，爪印遺留時間基本上在21日和23日那個時段，也就是案發時段。」

「是嗎？」海倫説着用幽靈雷達對着一處爪印開始探測，但是沒有任何結果。

「我的魔怪預警系統比你的雷達探測功能強大三倍。」保羅説道，「極輕微的，你測不出來。」

「還檢測到什麼？」博士加快了語速説道。

「陸地魔怪，這個可以肯定。」保羅説，「體形偏小，不是大型魔怪，從爪印看，應該是山鬼類的妖怪。」

「山鬼？」博士有些吃驚，「山鬼一般都生活在深山中，其實也就是山裏的幽靈，穴居，不會進入平原地帶或者河道呀。」

「東京地區處於平原地帶，沒有什麼山。」橋本看着四周，他也充滿了疑惑，「東京的西面、東南面倒是有些山脈，但是也不算高，山鬼怎麼會跑到這繁華的大都市來呢？」

「而且還躲在水裏觀測人類活動，發現目標後上岸作

案。」博士聳聳肩，「真是很奇怪呀。」

　　「我們去那邊看看吧。」本傑明指着橋頭左側一邊，「也許還能發現爪印呢。」

# 第四章　本傑明遇襲

博士也正想帶大家過去，他們爬上了河堤，來到運河橋的西側，這邊的地形和運河橋東側一樣，也有一個長長的河堤，河堤的斜坡同樣很陡。大家小心地走到河堤下面，這次他們沒有發現魔怪爪印。不過大家都不甘心，保羅眼中的射線對着斜坡照來照去，海倫和本傑明沿着河邊走了一百多米，想找到爪印痕跡，但沒有任何收穫。

「那傢伙沒有從這邊上過岸。」本傑明轉身往回走去，說着，他撿起一塊河邊的大石頭，用力扔向水面。

「撲通——」一聲，大石頭落入水中，濺起很大的浪花。

「有那邊的證據足夠了。」海倫說道。

「僅有這些證據，找到那個魔怪還是很困難。」本傑明抬頭看了看河堤坡頂，「不知道他藏在水裏還是回到山裏了。」

「他怎麼會跑到東京來呢？」海倫像是自言自語，「書上說這種山鬼殘害進山的人類和山中的動物，但是從不主動靠近人類的生活區域……」

他們邊說着話，邊往回走。橋這邊，保羅看到兩人回來，連忙迎上去。

「找到什麼了嗎？」保羅問。

「沒有。」海倫搖搖頭。

「我也沒發現什麼。」保羅說道，「博士說我們可以回去了。」

博士和橋本看到兩人回來，得知沒有什麼發現，於是招呼大家回去。

「回去了，回去了。」本傑明說着撿起一塊石頭，貼着水面扔了出去，石頭在水面上滑過，濺起三處水花，本傑明還是不甘心，他又撿起一塊石頭，「我的最高紀錄是五個水花……」

大家都上到了坡頂，海倫看到本傑明沒有跟上來，知道他還在水邊玩。

「本傑明——回去了——」海倫喊道。

就在這時，河邊傳來「啊」的一聲，河堤上，本來已經走出十幾米的保羅渾身上下的毛突然都立了起來。

「有魔怪！」保羅大喊一聲，轉身往回跑去。

海倫剛上坡頂，聽到「啊」的一聲後，連忙回過身去，她被眼前的一幕驚呆了，只見本傑明倒在地上，一個魔怪正把他往水裏拖。

十幾秒鐘前，本傑明又向水裏扔了一塊石頭，石頭只擦出三處水花，看到大家上了坡頂，本傑明轉身去追，他剛向坡頂上爬，忽然，水中猛地躍出一個身形類似於猿猴的魔怪，這傢伙猛擊本傑明的後背，遭到突襲的本傑明大叫一聲，倒地後不省人事。

魔怪上去就抓住本傑明的腿，奮力把他往水裏拖，坡頂上海倫看到這一切，連忙一揮手。

「凝固氣流彈──」

一枚氣流彈呼嘯着飛向魔怪，那個魔怪已經把本傑明的雙腿拖到了水中，氣流彈轉瞬間就飛來，「啪」的一聲，擊中了魔怪的肩膀，魔怪慘叫一聲倒在水中，他剛剛倒下，一枚導彈擦着他的腦袋飛了過去，導彈射在水中，「轟──」的一聲，炸出一股巨大的水柱。

魔怪被水柱向前推了一米，他向坡頂看了看，隨後轉身入水。發射導彈的正是保羅，他射出一枚導彈後飛身一躍，跳到了河堤下。

博士和橋本知道出了事，此時也衝下河堤。保羅站在河邊，預警系統對着河裏探測，他立即捕捉到一個魔怪反應，追妖導彈發射系統也隨即鎖定魔怪方位，可他剛想再射出第二枚導彈時，魔怪反應突然消失了。

「本傑明──本傑明──」海倫將本傑明往岸上拖，

同時大喊着他的名字。

「魔怪反應不見了——」保羅瞪大眼睛，無可奈何地望着衝下來的博士。

博士還沒説話，只見橋本縱身一躍，一頭紮進了河裏。入水前的橋本唸了避水咒，他的身邊形成了一個防水的保護層，橋本一揮手，兩枚亮光球出現在水中，將昏暗的河底照得通亮，他在水中四下張望，有幾條大魚從他身邊快速游過，他沒有發現任何魔怪，魔怪剛剛入水的時候，他和博士都看到了。

看看四周沒有魔怪，橋本沿着河底向東移動，他完全是憑感覺，他覺得魔怪入水後向東走了。

「橋本先生——橋本先生——」岸上，傳來保羅的呼喊，「看到魔怪了嗎——」

橋本向東游了幾十米，什麼都沒有發現，他無奈地向回游去，到了岸邊，他縱身一躍，回到岸上，由於唸了避水咒，橋本渾身上下一點都沒有濕。

「看到魔怪了嗎？」保羅連忙問。

「沒有，」橋本垂頭喪氣地説，「這條河有三米多深，我用亮光球照射，什麼都沒發現。」

「忽然就不見了魔怪反應。」保羅也很失落，「我本來想射出第二枚導彈呢，簡直是超音速，魔怪反應怎麼轉

眼間就消失了呢？而且本傑明遇襲前也沒有魔怪反應，他要是躲在水底，我一定會發現的。」

「本傑明怎麼樣了？」橋本看到本傑明倒在博士懷裏，博士的手裏拿着一瓶急救水。

「傷得不輕。」海倫一臉擔憂地説，「喝了急救水，現在處於半昏迷狀態。」

「和襲擊兩個路人的攻擊手法一樣，魔怪攻擊本傑明的後背，擊打力極大。」博士收起急救水，「還好本傑明是個魔法師，否則就一擊斃命了。」

「真是太可怕了。」橋本倒吸一口涼氣。

本傑明此時微微地睜開了眼睛，他有氣無力地看着大家，似乎還不知道發生了什麼事。

「本傑明，你好些了嗎？」海倫連忙俯身，關切地問。

「疼呀，」本傑明咧着嘴説，「博士，我這是怎麼了？」

「你遭到了偷襲。」博士連忙説，「先不要多説話，你喝了急救水，不會有大礙的，休息幾天就好了。」

本傑明微微地點了點頭，隨後閉上了眼睛，輕微地喘着氣。

「我們現在該怎麼辦？」海倫問。

「這裏要嚴密監視了。」博士抬頭看看橋本，「橋本先生，你馬上把情況報告給東京魔法師聯合會，讓他們火速派人守在這裏，魔怪似乎一直沒走，還有可能登上陸地害人。」

「好的，」橋本掏出了手機，「我馬上報告。」

「海倫，我和保羅先留在這裏，等魔法師聯合會的人來。」博士又對海倫説，「你和橋本把本傑明送到酒店休息，注意讓他多喝水，側躺，不要觸碰傷口。」

「好的。」海倫連忙回答。

橋本向聯合會簡單地通報了情況，聯合會負責人説馬上派人來。隨後，橋本和海倫利用法術，小心地將本傑明移上坡頂，回酒店了。博士和保羅守在河邊，此時天色已經暗了下來，博士望着深深的河水，心中充滿了疑惑。

保羅在河邊走來走去，他不時主動地向河裏發射出幾束遠距離探測信號，希望能捕捉到魔怪反應，他的追妖導彈發射架一直是打開的，另外三枚導彈對着河底，保持着隨時發射的狀態。

「剛才海倫先出手了。」保羅一邊走一邊無奈地説，「她擊倒了那個傢伙，否則我的導彈正好擊中那傢伙的腦袋！」

「本傑明也在呢，小心彈片擊中本傑明。」博士馬上

提醒道。

「我知道，但管不了那麼多了。」保羅説，「要是他把本傑明拖進水裏，本傑明受了傷，不可能唸避水咒，直接就被淹死了，我也是沒辦法。」

「這……」博士想了想，他也無可奈何，「説的也是……」

「博士，那傢伙是個山鬼。」保羅説，「我做了同期錄影，完全能確定魔怪的類型，他的身高就在一米七十，就是殺害兩個受害者的元兇！」

「山鬼竟然躲進河裏，」博士喃喃地説，「又是一件奇怪的案件呀。」

「管他躲在哪裏！」保羅憤憤地説，他晃晃發射架，「要是再遇到他，我一顆導彈就炸飛他！」

忽然，河水中濺起一股浪花，保羅一驚，連忙將發射架對準那裏，只見一條魚跳起來落下去，保羅才放鬆下來。此時，他和博士其實都有些緊張，他們都沒有想到本傑明會遭到突然襲擊，關鍵是魔怪動作迅速，預警系統都來不及反應，信號就消失了，本傑明遇襲前，信號甚至沒有出現。

他們在岸邊等待魔法師的到來，這時，一艘小型機動船的馬達聲由遠及近，一艘小船很快就從東京灣駛進運

河，小船的船頭坐着一個人，看到博士，還揮了揮手，博士也揮揮手。小船上的人哪裏知道，這裏剛才發生了一場襲擊事件。

十分鐘後，四名魔法師匆匆趕到，其中一名魔法師會說英語，博士將情況告訴了他們，指示這個地方目前是高危區域，魔法師們要日夜駐守。

　　四名魔法師答應下來，他們立即做了分工，其中兩名魔法師守在橋的東側，另外兩名守在西側，明天一早，會有其他魔法師前來接替。

　　看看這邊有了安排，博士鬆了口氣。他和保羅離開那裏便立即和橋本取得聯繫，橋本告訴他們本傑明已經被送到江東區的一家酒店，距離案發地點不遠。博士帶着保羅叫了一輛計程車，趕到了酒店。

　　到了酒店，博士突然覺得渾身酸軟，非常疲憊，他猛地想起來，自從下了飛機，他就沒有休息過。不過他還是先去看了本傑明，本傑明已經睡着了，博士叫橋本和海倫也去休息，這一天，大家都很累。

　　第二天一早，博士起得比較晚，他來到房間的客廳，保羅正好進門。

　　「本傑明好了很多，海倫給他吃了些早餐。」保羅高興地說。

　　「那就好，」博士也很高興，「我一會去看看他。」

　　本傑明確實恢復了很多，不過他的傷處還是有些疼，他忍着疼痛和海倫討論怎樣才能抓到魔怪。

　　「……他在水下一定有個秘密基地，只要能找到這個基地，就能把他揪出來！」本傑明眉飛色舞地說，他不小心扯動了傷處，「哎呀……關鍵是怎麼才能找到他的基

地，我看可以出動潛艇進行搜索……」

「連潛艇都要出動？」一個聲音傳來，門被推開了，博士走了進來，「可不用吧！」

「呵呵，博士，我亂想的。」本傑明不好意思地笑笑。

「也不全錯，想像力就是要豐富一些。」博士也笑了，「否則怎麼當魔法偵探？」

「啊，那你是説我們要去找一艘潛艇了？」本傑明幾乎忘了疼痛，他頓時興奮起來。

「在東京灣開潛艇倒是有可能，但是那條運河水深只有三米多，潛艇開不進去呀。」博士聳聳肩。

「就是，小河裏怎麼開潛艇呀？」海倫也想起來，橋本説那條河的深度只有三米多。

「笨蛋，我……」本傑明吐吐舌頭，「我這腦子真是……」

「你好好養傷。」博士説着微微一笑，「養好傷還要幫忙呢，你的非常規戰術，嗯，我們非常需要。」

「哈哈，博士，你又笑話我了。」本傑明不好意思了。

正説着，橋本來了，看到本傑明能説笑了，他也很高興。大家離開本傑明的房間，來到博士的房間，客廳裏的

一張桌子上已經攤開了一張案發地點的地圖，還有聯合會給的資料，博士昨晚研究了半個小時才睡覺。

「剛來的時候接到聯合會電話，昨晚那裏一切正常。」橋本走進房間就說，「很奇怪，案發後聯合會也派人在案發現場駐守，當然，當時沒有確定魔怪在水下，橋頭那邊去的次數不多，但是案發地點距離橋頭不遠，魔法師們隨身都帶着魔怪警報器，可是沒有任何發現，也沒有人類再次遇襲的事件發生。」

「喝了兩個人的血，他這段時間不用進食，所以就不出來了。」海倫分析道，「也有可能是他能感知周圍有魔法師出現，不敢出來了。」

「但他出來襲擊本傑明，」橋本說，「可能是本傑明往水裏不停地扔石頭，驚動了那傢伙？」

「這個……」海倫皺着眉，「有可能吧……但是兩個受害者可沒有往水裏扔石頭啊。」

「是呀，兩個受害者只是從那裏走過……」保羅看看橋本，說道。

他們三人討論的時候，博士坐在沙發上，一言不發，只是靜靜地聽着。橋本他們停止了發言，一起看着博士，生怕打擾他思考。

「你們繼續，」博士揮揮手，「說得都有道理，我聽

着呢。」

「我們……」橋本看看海倫和保羅，「其實沒什麼頭緒，還是想聽聽你的意見。」

「我的意見……」博士説着站起來，他走到桌子旁，拿起那張地圖，「現在我們有了一些結論，首先確定是山鬼作案，一個藏在水裏的山鬼。第二，山鬼還在運河注入東京灣的河口那裏，起碼是昨天傍晚之前，他應該一直沒有離開……」

「或者説是經常返回。」保羅突然插話道。

「對，也有這個可能。」博士用誇讚的目光看看保羅。

「是我自己想到的。」保羅很是得意，忙不迭地對橋本和海倫説。

橋本和海倫都讚許地笑笑，保羅更得意了。

「在得到上述兩個結論時，我們還得到兩個疑點。」博士説，「首先就是為什麼山鬼會躲進河裏，第二，他只是襲擊路人，其實據我觀察，河口那裏不時有小船經過，上面也有人，這傢伙從來沒有偷襲小船上的人，而如果襲擊小船上的人，似乎更加容易……」

「啊，這我倒是沒想到。」海倫眨眨眼睛，表情略帶驚異。

「現在，探討山鬼為什麼躲進河裏，以及為什麼不襲擊小船上的人意義不是很大，關鍵是怎樣找到那個傢伙。」博士總結道，「剛才本傑明説乘坐潛艇搜索，聽上去似乎是個玩笑，但是本傑明的本意沒錯。」

「你是説……」海倫緩緩地問，「要對那裏進行一個搜索。」

「對。」博士拿起地圖，在上邊指點着，「荒川運河的河口呈交叉狀注入東京灣，所以這個區域要進行一次搜索，兩處的河道，還有河口處的東京灣，全都要進行一次搜索，水面上能找到魔怪痕跡，仔細搜索水下，也許也能找到魔怪痕跡。當然，由於水流的作用，魔怪痕跡可能會被沖走，但是我們必須一試，這也是必要的破案流程。」

「那我們就……」海倫眨眨眼睛，「下水去找？」

「對，」博士用力點點頭，「出動潛艇不現實，我們唸避水咒下去，點亮亮光球，再加上保羅的魔怪預警系統和幽靈雷達，拉網式地搜索一遍！」

「好，有我在，一定能找到更多的線索。」保羅顯得非常興奮，「要是在水下遇到他，哼，我送他幾顆導彈，一定把他炸飛……海倫，把我的備用導彈也帶上。」

「好的。」海倫連忙説。

## 第五章　魔力炸彈飛向岸邊

大家決定立即出發，前往東京灣搜索，當然，本傑明不能前往，他還要繼續休養。他們走出酒店，橋本開車將他們帶到了砂町南運河上的運河橋橋頭。

守衛在那裏的魔法師已經換班了，看到橋本，一名身材高大的魔法師前來報告，他叫木村，和橋本是朋友，他說換班後的這段時間未見異常，這裏目前被緊密監控起來，只要發現那個魔怪，魔法師們會馬上進行圍攻。

橋本對木村等魔法師們說明了來意，叫他們繼續監視，一旦水中發生交戰，兩名魔法師可以入水助戰，另外兩名要堅守在陸地上，防止魔怪從陸地逃跑，畢竟這傢伙是個山鬼，陸地行動的能力會更高。

博士他們走到橋西側的河堤上，他先是望望坡下的運河，然後回頭看看大家。

「沉住氣，要小心。」博士微微揮動手臂，他低頭看着保羅，「老伙計，一旦遭遇魔怪，可以直接攻擊，這傢伙非常兇殘，先不用考慮抓活的。」

「好的，」保羅晃晃腦袋，「看我的吧。」

在木村等魔法師注視下，他們下到了河邊，博士看看水面，河水緩緩地流淌，這天的天氣不錯，不過水下的情況肉眼依舊看不深。博士長出一口氣。

「避水咒！」博士唸了一句口訣，隨即縱身躍入水中。

橋本、海倫和保羅跟着唸避水咒跳進水裏，轉眼間，他們全都站在河底，河底有很厚的淤泥以及很多大圓石塊，不過唸了避水咒的他們能較為輕鬆地在淤泥上行走。

博士剛在河底站穩，就點亮了一枚亮光球，橋本、海倫和保羅也各自點亮一枚亮光球，四枚亮光球懸停在大家的頭上，把河底照射得和白晝一樣，這裏的水生物全都紛紛躲避，遊走了。

由於避水咒將水體和他們隔離，同時也隔離了聲音的傳遞，他們只有相互靠得很近，並大聲喊才能聽到對方的話，一般情況下，只能打手勢。博士拍拍保羅，保羅會意地點點頭，他早就開啟了魔怪預警系統，對着河底探測起來。橋本和海倫各持一個幽靈雷達，對着河牀和河道兩側的岸壁開始探測。

由於有了亮光球的照射，水底能見度極好，他們全方位地探測着，唯恐遺漏什麼，經過仔細地搜索，沒有任何斬獲。海倫似乎有些着急，她踢開一塊水底的石頭，然後

對橋本無奈地搖搖頭，保羅走到博士身邊，也搖搖頭。

博士的手指了指東面，他們向東京灣走去。這裏的河牀呈現出一個明顯的坡度，直接滑向三十米外的東京灣，從這裏走向東面的東京灣，就像是走在一個下坡的坡道。

他們邊行進邊探測，很快就來到運河出海口，剛到出海口這裏，那個坡道突然加大了斜度，大海和小河的深度的確有極其巨大的差異，剛才在河道裏看到的那些巨大的圓石都不見了，他們面對着一個極為廣袤的空間——東

京灣的海底世界。

幾個人沿着陡峭的斜坡向下走去，走了一百多米，他們到達了底部區域，在亮光球能夠照射到的區域，一片明亮，遠處則是一片昏暗，這種奇特的景象連久經戰陣的博士也極少看到。這裏的水族也是第一次看到這樣的景象，紛紛舉家出逃。

在巨大的東京灣底搜尋了一會，依舊是沒有任何收穫，博士向北望了望，然後一揮手。大家知道他要去荒川的出海口和河道，這都是計劃好的。

沿着東京灣底的坡道，他們向北、向上走着，慢慢地，坡道斜度變緩，一些巨大的圓石出現，他們知道，荒川的河口區域到了，再向前，就是荒川的河道了。

東京地區着名的大河荒川可比砂町南運河寬大很多，他們都能聽見頭頂上大型機動船發動機的轟鳴聲，相比之下，砂町南運河只能行駛些小船。

荒川的水流比較急，大家逆流而行，明顯感到很大的阻力，在大家一起行進的時候，保羅一般都喜歡跑在前面，此時他的前行很吃力，因為他體積小，避水咒能使他和水體隔離，但水的阻力和浮力依然存在，保羅要刻意地用力壓住身體，否則總是有浮力推着他上升。

通過目測，博士判斷荒川的水深有十米左右，他們通

過了河口，向前走了十幾米，忽然，不遠處的河底有一艘沉船，沉船只剩下船底部分和小部分船身，一些船上的構件散落在河底。

大家圍上去，看着不知道什麼時候沉沒的船隻。隨後繼續向前搜索。又向前走了近百米的距離，博士做出了一個停止的動作，大家都停下，看着博士，他一臉的無奈，然後叫大家靠近。

「搜索結束——」博士用力地高聲喊道，「我們上去——」

「不再搜索了嗎——」橋本大聲地問。

博士搖了搖手，然後指指上面的河面，意思是要回到岸上。他又指指岸邊，然後揮揮手。

「我們到岸邊去，注意，唸隱身口訣出水，不要嚇倒岸上的人——」博士大聲提醒大家。

大家都點點頭，隨後向岸邊靠近。橋本第一個到達岸邊，他看了看上面，唸了一句隱身口訣，「唰」的一閃，橋本不見了身形，隨後傳來的是出水聲。

他們依次出水，登岸後，他們發現身處荒川河口的西側。博士想得很周到，荒川的岸邊有很多人在走動，河裏也不時地駛過各種機動船，要是猛地從河裏冒出來幾個人，一定會驚嚇到岸邊的人。

荒川的兩岸有陡峭的大堤，比運河那裏的堤岸高很多，他們爬上大堤的坡頂，找到一個僻靜的地方，顯出了身形。

「那邊就是運河橋了。」橋本指了指西面的不遠處，他對這裏比較熟悉。

「魔怪在運河橋那邊襲擊了兩個受害者。」海倫指指荒川大堤下在河邊走動的人，「這邊有很多人，沒聽說魔怪在這裏襲擊人類。」

「這邊人多，他不敢。運河堤岸邊基本上沒有人。」博士分析道，「算上本傑明這次，三件襲擊案都是偷襲單獨的人，當時本傑明也是獨自在堤岸下被襲擊的。」

「他還有所顧忌呢。」保羅說。

「對，」海倫說，「這也正常，魔怪作案都怕被發現。」

「走吧。」博士說，「和那裏的魔法師說明情況，我們就回去。」

「不再找了嗎？」保羅不太甘心。

「沒什麼結果。」博士說道，「看來水中的魔怪痕跡的確不容易存留，我們還要想想其他辦法。」

大家一邊說一邊向西面走去，很快，他們就來到了運河橋的北端，他們上橋後向南走去，來到橋的南端，橋本

正好看到在橋下西側岸邊等待的木村和另一名魔法師。

「木村君——」橋本招招手。

「嗨，橋本君——」木村抬頭看見了橋本，也招招手。他們駐守在這裏，另外兩名魔法師在橋頭東側。

博士他們回到了剛才入水的地方，橋本把情況簡單地告訴了那兩名魔法師。

博士他們說話的時候，保羅走到河邊，他無聊地用手爪划水，水面泛起一層層小小的波紋，隨後，保羅走回到岸邊，他開始爬斜坡玩，爬上去滑下來，如此反覆。

「……你們辛苦了，有情況要馬上和我們聯繫……」博士繼續和兩個魔法師說着話。

「好的，」木村點點頭，「我們……」

「轟——」的一聲巨響，一枚炮彈似的東西在眾人中間炸開，一陣白霧在巨響後生成，白霧之中，博士、橋本、海倫以及兩名魔法師東倒西歪地躺在地上。

「哇——哇——」，兩聲怪叫之後，河中有個魔怪一躍而出，他非常輕盈地落在河邊，這傢伙的模樣非常像一隻猿猴，頭髮很長，身上倒是沒有毛和尾巴，而是穿了一件工人上班時穿的工作服，魔怪剛出水，長頭髮濕漉漉的，不停地滴水。他看着被炸倒的人，臉上先是露出得意的神態，接着急轉為兇殘的面目，距離他最近的是被

炸倒的橋本，魔怪高高舉起利爪，向橋本的脖頸揮去。

「當——」的一聲，魔怪的利爪就要切斷橋本的咽喉的時候，一枚散發着熱浪、乒乓球大小的火球「嗖」地飛過來，正好射中魔怪的手爪，魔怪嚎叫一聲，他抬頭一看，只見一名魔法師從天而降，射出火球的正是這名魔法師。

「嗨——」，另外一名魔法師跟着飛身落下，兩名魔法師一左一右地夾在魔怪兩邊，他倆正是駐守在運河橋東側的魔法師，聽到爆炸聲，連忙飛身趕來，正好遇到魔怪要下毒手。

「吼——」魔怪惱羞成怒，他嚎叫着撲向射出火球的魔法師。

魔法師正面接招，他倆打在了一起，另外一名魔法師衝上去助戰，河岸邊展開了一場正面的激戰。

魔怪出招狠毒，力氣極大。他看準機會，一腳踢翻了一名魔法師，隨後連續出拳，將另外一名魔法師逼得連續後退。

河邊，躺在地上的博士慢慢地睜開了眼睛，剛才他和魔法師說話的時候發生了爆炸，他是被打鬥聲驚醒的，博士睜開眼，看到不遠處的木村倒在血泊中，他連忙努力地抬起身子，猛地發現那個魔怪已經把對戰的魔法師擊倒在地。

　　「凝固氣流彈——」博士一甩手，一枚氣流彈呼嘯着飛了出去。

　　「轟——」的一聲，魔怪毫無防備，他的後背被擊中，當即被炸翻在地，不過這傢伙抗擊能力很強，他掙扎着爬了起來，但還是站立不穩，被擊倒的魔法師也站了起來，衝上去猛擊魔怪。

　　這邊，博士也站了起來，他又甩出一枚氣流彈，魔怪閃身躲過，忽然，另外一枚氣流彈呼嘯而至，魔怪再次躲過，博士一回頭，看到海倫也站了起來，發射氣流彈的正是她。

　　三人一起撲向魔怪，受傷的魔怪見勢不妙，雙手一推，一枚白色的光團炸開，光團爆炸後迅速形成一股迷霧，久久不能散開，迷霧之處，能見度幾乎為零。

　　「不要跑——」迷霧之中，海倫的喊聲傳來，她摸索着衝向河邊，並拿出了幽靈雷達，海倫本想入水追擊，但是雷達上毫無反應，她在岸邊停下了腳步。

　　「海倫——海倫——」，迷霧中，傳來博士的呼喊。

　　「博士——」海倫馬上回應，她看不見博士，急得對着迷霧一指，唸出一句口訣，「散——」

　　重重的迷霧猛地漲開、變淡，並逐步散開，海倫看到了博士，連忙走過去。博士彎着腰，在那裏劇烈地咳嗽。

「博士，你還好吧——」海倫上前扶着博士，緊張地問。

「還好……」博士説着又咳了幾聲，慢慢地站直了腰，他的衣服被爆炸的氣浪扯破了幾處，臉上胳膊上也有擦傷。

「哎喲——哎喲——」剛才被魔怪踢倒的魔法師呻吟着站了起來。

此時迷霧漸漸散去，能夠站立的人傷都不是很重，他們看到地上躺着的橋本、木村以及另外一名魔法師，連忙衝上去救助。

「博士先生……博士先生……」橋本此時也睜開了眼睛，但是他抬不起身子來，「博士先生……」

「你不要動，」博士連忙衝上去，他蹲下身，查看橋本的傷口，隨後拿出了急救水。

「發生了什麼……」橋本痛苦地問。

「你先喝急救水，我們遭到了魔怪拋出的魔力炸彈的偷襲……」博士開始給橋本喝急救水，他看看正在救助倒下的同伴的魔法師，「快給他們喝急救水——」

海倫把自己和博士的急救水拿給另外兩個魔法師，只見一個魔法師扶着滿身是血的木村，臉色極其難看。

「怎麼了？」海倫連忙問。

「木村君……」那個魔法師稍懂些英語，他看看海倫，手裏緊緊握着急救水，「木村君死了！」

「啊？」海倫大吃一驚，呆在那裏。

聽到這話，博士連忙跑過來，他摸了摸木村的脈搏，心裏一驚。

「沒救了，」那個魔法師都要哭出來了，「被炸中了要害，當場就死了……」

「木村君——」橋本喝了急救水，恢復了些體力，他努力地爬了過來，「木村君——」

「你不能太激動。」博士連忙扶着橋本，他看看遠處看護另外一名倒地傷者的魔法師，「他怎麼樣了——」

「重傷！」那個魔法師回答道，「喝了急救水，沒有生命危險了。」

「怎麼會這樣？」海倫捂着臉，忽然，她想起了什麼，「保羅？保羅在哪裏？保羅——」

海倫焦急地叫起來，她來回在岸邊走，就是沒有看到保羅，海倫急得跳了起來。

「海倫——我在這——」河堤上，一個聲音傳來，「我在上面——」

「保羅——」海倫聽到保羅的聲音，急切地爬上堤岸。

保羅躺在河堤坡頂上，幾乎不能動，只有頭微微抬着。

「保羅，你怎麼樣？」海倫連忙蹲下，關切地問。

「我剛才在爬坡，被氣浪給炸上來了。」保羅尷尬地説，「線路震斷了好幾根，不能動也不能發聲，我用自我修復功能剛剛修好發聲系統。」

「還好，還好。」海倫長出一口氣，「我還以為你給魔怪抓走了呢。」

「木村君──」河堤下，傳來橋本的哭喊聲，海倫向下看了看，橋本抱着木村的屍體正在痛哭。

「木村死了？」保羅緩緩地問。

「是的，」海倫哭喪着臉説，「當場就被炸死了，真嚇人呀，當時博士就在他對面和他説話。」

「這個山鬼！」保羅恨恨地説，「我一定要把他炸成碎片！」

「保羅，你剛才沒有探測到魔怪信號嗎？」海倫問道，「山鬼可是跳上岸和我們打鬥呀。」

「其實……」保羅無可奈何，「我當時正在爬坡，探測到了一個信號，而且很強烈，那是魔力炸彈的信號，我也張嘴叫了，但是隨即就發生了爆炸，我想這一切都是在一秒鐘內發生的，我來不及反應。被炸上來後，我又探測

到堤岸下魔怪反應，是魔怪自己跳出來了，但是那時發聲系統還未修復。」

「爆炸前我的幽靈雷達好像也震動了一下。」海倫說，「當時我把雷達放在口袋裏，剛感覺到就發生了爆炸，我被炸倒了，醒來後看到博士他們正在攻擊魔怪。」

# 第六章　本傑明的計劃

他們正説着，幾輛汽車飛快地開來，然後停在河堤上，十幾個魔法師從車裏衝了出來。看來東京魔法師聯合會已經得到了消息，海倫連忙站起來，指着坡下，示意那裏的人需要救助。

魔法師們衝下了斜坡，過了一會，受重傷的橋本和另外一名魔法師被擔架抬了上來，木村的屍體裹着白布，也被抬了上來。海倫站在坡頂，她捂着嘴，努力不讓自己哭出來。

八名法力高深的魔法師控制了這裏，兩個魔法師攙扶着博士，慢慢地走了上來。

「博士。」海倫連忙去攙扶博士。

「我沒事。」博士上了坡頂，他看到了保羅，「老伙計，怎麼樣了？」

「斷了幾根線，其他沒什麼。」保羅説。

「那就好。」博士點點頭，他看看海倫，「海倫，你沒事吧？」

「沒事，我皮外傷基本都沒有。」海倫説，「我距離

爆炸點遠一些，只是被震暈過去了。」

　　「嗯，」博士說，「他們現在要送我們回酒店，我們走吧。」

　　「好的。」海倫說着抱起保羅。

　　「對了，有魔法師身亡的事，先不要和本傑明說。」博士想到了什麼，「他處於恢復期，不能過於激動。」

　　「明白。」

　　「唉……」博士沉重地歎了一口氣，然後向汽車走去。

　　回到酒店，博士先把保羅的斷線接上，然後清理了自己的皮外傷，其實他還是有些頭暈，當時他面對着爆炸點，不過中間隔着身材高大的木村。

　　海倫去看望本傑明，本傑明能下牀慢慢地走幾步了，海倫沒有說出有魔法師身亡，只是說遭到偷襲，有魔法師受傷，自己和博士都好，不用擔心。

　　不出所料，本傑明在那裏逞強一番，說要是自己在那裏一起圍攻魔怪，魔怪絕對不會跑掉。海倫想着木村的事，沒有半點和本傑明爭辯的心思。

　　正說着話，保羅走了進來。看到本傑明，他簡單地問了好，隨後悶悶不樂地趴在地毯上。

　　「嗨，保羅，你這是怎麼了？」本傑明奇怪保羅這個

樣子，「我又沒有死……」

「沒事，沒事，我很好。」保羅勉強笑笑。

「不就是讓那傢伙跑了嗎？」本傑明揮着手說，「等我好了，一起去抓他，我躺在牀上，想出了好幾個計劃，全都是奇招，比如說投放深水炸彈，設置水雷……」

「前陣子你戰爭影片看多了。」保羅打斷本傑明的話。

「嗨，我說的是魔法師使用的炸彈，不是人類那種。」本傑明不滿被打斷，「總之就是把那傢伙圍困起來，一出來就轟他，或者讓他自己觸雷。」

「一開始是潛艇，現在又是深水炸彈。」保羅說，「本傑明，你的想像力真是越來越豐富了。」

「謝謝。」本傑明說着對保羅敬個禮，「我躺在牀上沒事做，就想呀想呀的，A計劃B計劃，一共五個計劃，哎呀，我居然想了五個計劃，真不容易呀……」

他們正說着，博士推門走了進來，他的手上還拿着地圖和一疊資料。

「博士，快來聽聽我的計劃。」本傑明看到博士，有些激動，「我想了五個計劃，全是奇招……」

本傑明把自己的想法全都告訴了博士，博士一邊聽一邊點着頭。

「好了，博士是來討論案情的。」海倫對喋喋不休的本傑明說，「你別說了。」

「我也是在討論案情呀。」本傑明不服氣地說，「我又沒說別的，你們這些劍橋的，就是沒有耐心傾聽他人意見，總是自以為是……」

「你……」海倫瞪着本傑明，她生氣了，但是這次壓制住了自己，「算了，我不和你吵……」

「啊？」本傑明有些吃驚，「你不吵了？這可不是你的作風呀，你這樣我很被動呀，你要是不吵，我都不知道該怎麼辦了……」

「好了好了。」博士把地圖和資料放在桌子上，「本傑明，你看起來好多了。」

「嗯，我按時喝急救水。」

「你的精神很好，我們就在你這裏討論案情。」博士說着坐到桌子旁，「我們遇襲的事情你知道了吧？」

本傑明點點頭。

「我們當時搜索了運河和荒川以及東京灣，搜索面積不小。」博士看看大家，「其實魔怪就在我們的搜索區域，他了解我們的情況，先是拋出魔力炸彈偷襲，看看我們被炸倒了，又跳出來，估計想殺害沒被炸死的人。他被我們擊敗後急速逃逸，我想他在運河橋下的河底應該有個藏身處，而這個藏身處能夠遮擋保羅以及幽靈雷達的魔怪探測信號，如果他的藏身處在更遠的荒川或者東京灣深處，速度再快，也要有一定的飛行距離，這樣就會被探測到！」

「我也是這樣想的。」保羅說，「如果他在河底有個藏身處，急速飛行時能在兩秒內出現或者返回，我的探測系統只能捕捉這兩秒的信號，很難定位，也來不及發出警報。」

「這樣也好。」博士說，「如果他四處遊蕩，我們還很難抓捕呢。」

「嗯，他要是遠走高飛，就更難抓到他了。」海倫跟着說。

「他膽子倒是大，岸上有魔法師，他不會不知道，可是就是不走，還膽敢偷襲。」博士有些不得其解的樣子，說着指指運河橋的東西兩側，並用手指重重地點了點，「魔怪藏身處就在運河橋下，而且沒有離開過，對於這點大家沒什麼疑問吧？」

本傑明他們都表示同意。

「知道了他的大概方位，這就是我們的收穫。」博士一直看着地圖，「接下來我們要對這個已經被大大縮小的地域進行一次全面的搜索，看看他到底隱藏在什麼地方！」

「我也要去，我已經好多了。」本傑明連忙舉手，「這麼小的一處地方，很快就能找到他⋯⋯」

「你還要養傷。」博士搖搖手，「我們也不會馬上去，還要進一步計劃具體行動，這次我們吃了大虧，要是他再偷襲一次，那就⋯⋯」

博士沒有説下去，只是無奈地搖了搖頭。

「這傢伙善於偷襲。」海倫説，「他躲在暗處，最容易的就是偷襲。」

「這次搜索絕對不能再被偷襲。」博士説道，「我們下水後，要啟用魔法防護罩⋯⋯」

「啊，那要耗費很大魔法和體力的。」本傑明急忙

説。

「也只能這樣了。」博士説，「其實我倒是並不擔心他在水下攻擊我們，他的本質是個山鬼，水下攻擊力較弱。我今天近距離看到他了，穿着一身工作服……」

「山鬼穿着一身工作服？」本傑明有些吃驚。

「應該是從附近工廠偷來的。」博士説，「跟蹤兩名遇害者的時候穿着工作服，正合適。當然，他會用魔法將自己變成人的容貌。」

「老婆婆説他當時穿的好像就是工作服。」海倫想起老婆婆的話，「老婆婆沒記錯。」

「無論穿着什麼，我都正面看到他的容貌了，就是山鬼。」博士肯定地説，「所以説他陸戰的能力才更強大，而且幾次偷襲都是發生在陸地上，這也反證他是一個陸上魔怪。」

「那我就放心了。」本傑明放鬆地説，「其實我們的法術在水下使用也不如陸地上。」

「不管水下還是陸地，他再拋出魔力炸彈時，防護罩就能保護我們……今天……那名叫木村的魔法師，其實是幫我擋了炸彈，當時我們面對面説話，炸彈落在他身後，而他的身材魁梧又高大，完全把我給遮擋住了……」

博士説這些話的時候，非常難過，他説着説着低下了

頭，不再說話了。

「博士。」海倫輕聲地叫了一聲，「這是一個意外，這都是那個魔怪造成的，絕對不能怪你……」

「就是，這是個意外。」本傑明說道，「木村先生會理解的，等他傷好了，我們一起去抓那個魔怪，給他也給我報仇！」

博士和海倫都沒有說話，只是輕輕地點頭。本傑明沒有察覺出異樣，開始請求博士允許他參加搜索。

「你還要休息。」博士說着站了起來，「不要着急，那裏現在處於魔法師的掌控之中，只要他敢現身，就會遭到魔法師們的猛力圍攻。今天我們是不會去的，晚上我和海倫還要去魔法師聯合會商討再次搜索的事。」

博士叫本傑明靜養休息，隨後和海倫走了出去，他們也要去休息一會，剛才的水下搜尋以及路上交戰，都耗費了大量的體力。剛來到東京，博士他們就陷入了連續作戰的境地，的確非常吃力。

木村的死對大家的刺激都很大，博士覺得就是再累也不算什麼，現在的關鍵就是儘快消滅山鬼，為死去的人伸張正義，而更重要的是清除這一地區一個對人類生命構成嚴重威脅的隱患。

傍晚的時候，博士、海倫和保羅一起來到東京的魔法

魔怪的藏身處究竟在哪裏？
為什麼居然能遮罩住魔怪探
測信號？

師聯合會，他們見到了三浦先生，首先談到了木村的死，三浦先生也處於悲痛之中，他們都想能儘快破案。

對於博士提出再次搜索以及請求魔法師聯合會派員協助的事，三浦先生完全同意，他其實已經又加派了八名魔法師前往砂町南運河那邊的東京灣地區，現在已經有十多個魔法師在那邊值守了，這些人員全部可以讓博士調配，如果還需要進一步加派人手，博士仍可以提出。

他們商定，明天一早再次對運河橋那邊展開一次拉網式的搜索，三浦先生處理事情很周到，他派去值守的魔法師都是有些英語基礎的，這樣才能和博士他們有更好的配合。

離開魔法師聯合會，博士他們一起去看望在家休養的橋本。橋本喝下大劑量的急救水，還服用了魔法師聯合會研製的創傷急救藥，好了很多。這次偷襲事件，一名魔法師喪生，兩名魔法師重傷，包括博士在內的另外幾名魔法師也受了傷，可謂損失慘重。橋本不能參加明天的搜索，他不斷叮囑博士要小心，那個山鬼不但善於偷襲，出手也非常狠毒。

博士他們離開橋本家後，回到了酒店。他們要早點休息，明早他們還要繼續行動。

# 第七章　水中反擊

第二天一早，博士他們早早地起牀，魔法師聯合會派車將他們接到了運河橋的岸邊，這裏已經聚集了將近二十名魔法師，從人手上看，博士覺得已經足夠了。

博士在現場展開了部署，他把大部分人手集中在運河橋南邊的西側橋頭這裏，此處也將是他們下水的地方。在更遠的周邊，博士也安排了幾名魔法師，預防山鬼從陸上逃跑。

博士挑選了八名魔法師和自己一起下水，八名魔法師每人都攜帶有一具功能強大的魔怪探測儀，博士自己、海倫、保羅以及四名魔法師直接參加搜索，另外四名魔法師不參加搜索，只是在水下監控，預防魔怪再次發動偷襲。

岸上岸下的任務安排完畢，博士第一個走到岸邊，他看看水面，唸了一句避水咒口訣，縱身一躍，跳入水底。

其餘的人一起跟着跳進水底，博士已經在水下站穩了，他打亮一個亮光球，緊接着，多個亮光球紛紛點亮，河底再次變得如白畫一樣。

「魔法防護罩——出現——」博士小聲地唸道，「避

水咒——消失——」

「唰」的一聲，博士的身體周圍出現了一個反「U」字形狀的透明防護罩，這個防護罩像一個杯子一樣，將博士圍在裏面，牢牢地保護起來，與此同時，避水咒口訣被收回，因為防護罩同時具備避水的功能。

按照計劃，海倫和那些魔法師也用防護罩將自己保護起來，保羅也罩上了防護罩，不過他的防護罩是電子的，防護罩本身也根據他的體形進行保護，還有一點不一樣的就是，保羅的追妖導彈發射架已經彈出了身體，一旦發現魔怪，他能立即收起防護罩後射出導彈。

博士看看站在身邊的大家，點點頭，他舉起手臂，然後用力放下，示意水下人員立即開始行動，參加搜索的人排成一排，每人相距五米，面對着運河北岸。負責監控的四個魔法師兩個站在大家的前面，兩個站到了後面。此次參加搜索的人全都帶着對講機，這樣在水下能很好的通話。

「搜索開始——」博士拿起對講機，喊道。

魔法師們接到命令，拿出魔怪探測器，對着河底開始了搜索，這次的搜索很不一樣，大家是蹲在地上行進的，他們將探測器的探頭緊緊地貼着防護罩的底部，對着河底慢慢地探測，他們的行動十分緩慢，不僅是要仔細

地搜索，還因為戴着防護罩在水下行進既消耗魔法也消耗
體力，除非遇到很大的險情，魔法師們是很少啟用防護罩
的。

海倫在搜索隊伍中艱難地前進，她每邁出一步，都很
吃力，她把幽靈雷達的探頭貼在防護罩底部，唯恐遺漏了
什麼。這裏的河底除了淤泥，就是大小不一的圓形石塊，
石塊的顏色黑白不一，也有些褐色的，河裏還有一些腐爛
的木頭、鐵器，不過這些都對搜索不構成影響。

保羅走在搜索隊伍的最右側，他的頭頂就是運河橋，
他把頭努力地貼近地面，連續射出一串串的探測信號，穿
過河面的淤泥直達河底。保羅使用電子防護罩，只是耗費
電能並不耗費體力，但他的行進最為吃力，他體積小，河
水的浮力卻很大。

博士手持幽靈雷達，對自己的搜索範圍檢查得非常
仔細。很快，大家走到了河的北岸，這次拉網搜索沒有收
穫，他們轉身，面對河口再次排成一排，準備向河口方向
行進搜索。負責監控的四名魔法師也像剛才一樣，兩個在
隊伍前兩個在後，他們一直警惕地觀察着四下，沒有發現
任何異常。

「大家還好吧？」博士拿起對講機，看着已經排成一
排的魔法師們，他微微地喘着氣，使用魔法防護罩確實消

耗體力。

對講機裏傳來大家的回答，他們都説能繼續堅持下去。博士下達了出發的指令，大家繼續向前走去。

保羅發出了一個探測信號，沒有探測到什麼反應，他一抬頭，正好看到海倫，海倫和他對視一下，相互點了點頭。就在這時，保羅的魔怪預警系統猛地出現一個魔怪信號，這個信號來自於身後。

「大家趴下——」，喊話的不是保羅，而是一個跟在大家身後監控的魔法師，參加搜索的人都在對講機裏聽到了這句急促地呼喊。

警報提示話音未落，只有幾個魔法師做出了俯身的動作，這時，人羣中發出一個沉悶的聲音，一枚魔法炸彈爆炸了，水面掀起了幾米高的巨浪，整個運河河口像是被巨手攪動了一樣。

海倫的反應比較快，她聽到警報就做出前撲的動作，還沒等她趴下，炸彈就爆炸了，「當——當——」的兩聲，海倫知道那是爆炸的彈片擊中防護罩被彈開的聲音，她被水浪橫着推了出去，重重地撞在河岸的岸壁上。

水下浪花翻滾，似乎不能平靜下來，海倫倒在河底，她的頭被震得很暈，不過由於有了防護罩的保護，一點傷都沒有，海倫慢慢地站了起來，正在這時，一連串的爆炸

聲傳來，海倫連忙臥倒。

「轟——轟——轟——」運河橋南西側位置的水下，一枚枚的魔力彈炸響——這其實是博士他們的反擊，由於有了防護罩的保護，魔法師們都沒有受傷，有幾個沒有被水浪推倒的魔法師反應過來，他們知道偷襲來自身後，連忙向來襲炸彈方向射擊。

海倫看清是魔法師們在還擊，連忙起身向前衝去，她一邊跑，一邊射出兩枚凝固氣流彈，忽然，她的身邊有個東西一閃，仔細一看，是保羅衝了上去，保羅的導彈發射架晃動着，但是沒有發射，這只有一個原因，那就是他沒有明確的攻擊目標。

「轟——轟——轟——」的爆炸聲此起彼伏，水底炸成了一片，爆炸產生的水浪越來越大，推得人都站不住了，有幾個魔法師扶着岸壁，繼續向來襲方向射擊。

「停止射擊——停止射擊——」博士揮舞着手臂，對着對講機大喊，在大家的攻擊方向，已經沒有任何的魔怪信號了，這樣的射擊有些盲目。博士看到保羅急得在自己腳邊亂轉，他沒有目標，追妖導彈可不能盲目發射。

又有幾聲爆炸響起，隨後，魔法師們停止了攻擊，水浪不再翻滾了，河裏漸漸恢復了平靜。

「大家報數。」博士看看身邊的魔法師，他要確定是

否有人受傷。

魔法師們按照預先設計的編號報了數，誰都沒有受傷，只有兩個魔法師説自己距離爆炸點很近，頭還有點暈。

博士放心了，魔怪的再次偷襲沒有得手，不過這次魔怪沒有跳出來，只是偷偷射出一枚魔力炸彈。博士向炸彈來襲的方向望去，那裏被炸出一個大坑，不過河水的流動將一些泥沙和石塊帶到那個坑中，慢慢地進行堆填。

魔法師們都看着博士，等着他下一步的指令。博士做了一個包圍的手勢，隨即小心地向那個大坑走去。

「他剛才就躲在這裏，這次我測出來了大概方位，也許有誤差，但不會很大。」保羅跟在博士身邊，指指那個大坑。

「這次他在我們身後偷襲，距離很近。」博士説着走到坑邊，「我也測出了大致的方位。應該是這裏。」

大坑是圓形的，魔法師們走過去，正好包圍在他的外圈，所有的探測儀對着坑裏掃描，不過沒有任何結果。有兩個魔法師按捺不住，他倆跳進了大坑，隨後除去防護罩，唸了避水咒後用手翻檢，想把隱藏在此的魔怪挖出來。

博士本來想制止，但是看看此時的情形，覺得那個魔

怪再次出來偷襲的可能不大。這時海倫也除去防護罩，跳進坑裏翻找起來，坑裏有一些石塊，海倫和另外幾個魔法師把探測儀的探頭插進淤泥裏進行搜尋，但是還是沒有找到什麼。

「博士，是不是他已經跑了？」看看沒什麼結果，一個魔法師拿起對講機問道，「這裏除了石頭就是石頭呀。」

「極短的魔怪反應，應該是魔力炸彈拋出來的反應。」博士這時感到非常疑惑，「魔怪應該就是躲在這個地方拋出炸彈的。」

「上次應該也是從這裏拋出炸彈的。」保羅分析道，「這上面的岸邊就是我們上次遭遇魔力炸彈襲擊的地方。」

「什麼也找不到——」海倫站立起來，她雙手一攤，喊道。

「要不要去那邊找找？」海倫身邊的魔法師站起來，大聲地問博士。

「我們上去，」博士指指河面，他覺得這樣找下去不會有結果，「不要再找了。」

大家都很無奈，博士叫魔法師們先上岸，自己最後和保羅一起飛到岸上，岸上守衛的那些魔法師看到搜索人員

全部上岸，終於鬆了一口氣。剛才水下發生爆炸，他們根據安排只能守衛在岸上，很是擔心。

「你們守在河邊，要是他再敢偷襲，全力反擊。」博士對那幾個守在岸上的魔法師説。

參加水下搜索的人員全部上到堤岸上，他們來到一個樹林，這裏距離河邊有一段距離，比較安全。大家上岸後都感到非常疲倦，東倒西歪地躺在樹林裏。

「累不累？」保羅問靠着樹坐着的海倫。

「累死了。」海倫喘着氣説，「我看我的法力只有下水前的90%了。」

「92%。」保羅説，「這是我最新統計的結果。」

「拜託，你計算一下我們什麼時候能找到山鬼吧。」海倫説。

「總能抓到他的……」保羅輕鬆地晃晃頭，「不要着急……」

「不着急才怪。」海倫沒好氣地説，「他這次也不跳出來了，要是跳出來，我們早就解決他了……」

「他才沒那麼傻呢。」保羅説，「博士分析得對，他是個山鬼，水中能力不強，偷偷拋個炸彈還行，要是敢出來，那就是找死！」

「嗯，是這樣呀。」海倫説着歎口氣，「不過範圍都

那麼小了，還是找不到，山鬼難道鑽到了地心？」

「那倒不會。」在一邊的博士説，他遞給海倫一瓶水，「雖然沒有結果，但是範圍已經基本確定了，山鬼始終沒離開那裏，現在只要他敢出來，就會被發現，我想他也走不了了。」

「那他到底藏在那裏呢？就那麼大的地方。」保羅問，「沒鑽進地心，難道變成微生物了？」

「這個……」博士説着搖搖頭，「老伙計，你真能給我出難題呀……不過不要着急，藏身處確定就好辦了，現在的問題是怎樣讓他顯身……」

「他看到我們那麼多人，火力那麼強大，而且有防備，估計不會出來了。」海倫説着望向博士，「要是我就不會出來，你説過的，有時候要從對手的角度看問題。」

「對。」博士微微一笑，「要是我也不會輕易出來。不過……我們可以把他逼出來！」

「博士，你有辦法了？」保羅激動起來，「看你那麼輕鬆，原來早有辦法了。」

「辦法是來自本傑明的。」博士説，「有了他的啟發……」

「我説了要用我的辦法吧……」本傑明的聲音突然傳來。

「啊？」海倫吃了一驚，只見本傑明走了過來。

「本傑明……你怎麼來了？」博士也很吃驚。

「擔心你們呀。」本傑明聳聳肩，「嗨，海倫，別那樣看着我，我已經好多了，要不然也來不了……」

「我是説你怎麼找到這裏的，你不會日語呀。」

「這個太簡單了。」本傑明掏出手機，「把手機上的地圖給計程車司機看，我已經把運河橋標注好了。」

「博士一直説你有點小聰明。」保羅搖着尾巴説。

「這算什麼呀，關鍵是博士要採用我的計劃，我就知道會這樣的，因為我的計劃完美無比，我都被我自己感動了。」本傑明很得意地説，他忽然看看博士，「只是……是哪一個計劃？」

「深水炸彈！」博士説。

「啊，是深水炸彈那個計劃嗎？我就知道會用這個計劃……」本傑明又得意起來，他又看看博士，「只是……為什麼使用這個計劃？」

博士看着本傑明，笑了。他拍拍本傑明的腦袋，本傑明不好意思地笑了。

「本傑明來這裏之前一直在看戰爭影片，有幾部潛艇戰的，本傑明説很好看。」博士對海倫和保羅説。

「對，我很喜歡看。」本傑明連忙解釋，「我對這個

很感興趣。」

「對於隱藏在水下，大致方向明確的潛艇，最有效的攻擊辦法就是使用深水炸彈。」博士說，「我們現在遇到了原理相同的問題，一個魔怪躲在水下，我們也知道他的大概方位。所以我們也要使用類似手法，你們知道深水炸彈的功效就是利用爆炸產生的巨大衝擊波破壞艇體結構，達到攻擊目的……」

「噢，我有個問題。」海倫連忙舉手，「深水炸彈不是扔進水裏、撞到潛艇上炸爛潛艇嗎？」

「哈哈哈哈……」本傑明大笑起來，「真是笨蛋，又不是瞄準射擊，命中率高。深水炸彈的作用是利用爆炸產生的強大衝擊波和水壓破壞潛艇，因為衝擊波在水中傳遞的效能要高很多。你們劍橋的不懂這些的……」

「本傑明！」海倫的臉漲紅了。

「噢，對不起。」本傑明也覺得自己這時攻擊海倫不大合適，連忙道歉，不過他還是不太甘心，「叫你一起看，你偏要回房間看公主嫁給王子，好無聊……」

「我就喜歡看。」海倫不屑地說，說完，把頭一偏。

「總之，就是要用衝擊波和水壓攻擊那個魔怪。」博士看兩人自動停止了爭吵，連忙把話轉入正題，「本傑明說得沒錯，衝擊波在水中傳遞更加高效，潛艇在遭到深水

炸彈攻擊時，船員都被禁止貼在船壁上，因為距離很遠的爆炸產生的衝擊波傳導到艇身上，都能震傷貼着船壁的人員。」

「我們剛才用凝固氣流彈攻擊魔怪時，爆炸不也會產生衝擊波嗎？」保羅想到一個問題。

「那不一樣。」博士解釋道，「我們和魔法師使用的魔力炸彈，包括魔怪偷襲我們的炸彈，都是利用彈片進行殺傷的，也會產生一定的衝擊波，但只是一種副作用。另外，彈片殺傷會有爆炸死角，會被阻隔，如果那個魔怪變得極小或者藏得很深，彈片殺傷的概率就小了很多，但是衝擊波和水壓是沒有死角的，能夠全方位傳遞。」

「你是說我們要用能產生巨大衝擊波的炸彈？」保羅繼續問。

「沒錯。」博士說，「深水炸彈是對付人類的，我們的炸彈是對付魔怪的，不過原理一模一樣。」

「你確保這種炸彈一定能殺死他嗎？」保羅還是不太放心，本傑明和海倫也一樣，他們用相同的目光看着博士。

「一種結果就是直接殺死他。」博士說，「不過，這種可能性最小，因為他是有魔力的魔怪，不會等在水裏讓你炸，我也不希望這種結果出現，如果衝擊波把他直接

消滅掉，他是死是活我們也看不到。我想要的是第二種結果，就是巨大的衝擊波和水壓讓他在水下無法藏身，只能躍出水面，這樣我們就能在陸地上展開攻擊了，如果運氣夠好，還能抓一個活的。」

「這倒是個不錯的辦法。」保羅和本傑明、海倫對視一下，相互點點頭，保羅又看看博士，「不過……説了這麼半天，關鍵是我們有這種炸彈嗎？」

「有。」博士笑了笑。

「在哪裏？」保羅激動起來，「馬上搬出來去炸那個傢伙！」

「別急，」博士説，「借用一下這裏魔法師聯合會的實驗室，我能製造出這種炸彈。」

# 第八章　深水炸彈

第二天，博士出現在東京魔法師聯合會的實驗室，三浦先生還給他派了兩個助手。本傑明和海倫穿着一身實驗室工作服，雖然幫不上什麼大忙，但是一直在旁邊看着。

對付魔怪的專用炸彈的研製密鑼緊鼓地進行中。在運河橋的岸邊，無論白天黑夜，總有將近二十名魔法師在那裏嚴密地監控起來，他們在岸邊利用高大的飛盾進行防護，這種盾牌具有魔力，可以懸浮，能自行移動保護魔法師，足以抵禦魔怪可能扔上岸的炸彈。也許是知道岸上的防守嚴密，魔怪再也沒有新的偷襲行動。在水下，運河出海口和出海口上游兩百米的河段處，魔法師們將多個防水的魔怪探測儀綁在浮筒上，掛在水中，一旦魔怪逃跑，會被馬上發現。

博士的試驗進展得很順利，試驗展開的第二天，他就試製出一枚具有魔力的深水炸彈，根據他説，還要製造同樣的五枚，應該能夠將魔怪震出水中。

第三天，博士又製造了三枚深水炸彈。本傑明和海倫

幫着搬運儲存這三枚炸彈。博士又開始製造一枚炸彈，大家對這樣的進展都很高興，按照這個速度進行下去，明天就能製造好全部的炸彈了。

「我可不只是會一些非常規戰術。」博士忙的時候，本傑明和海倫坐在實驗室的門口，説着話，「這次就是非常正規的戰術，深思熟慮的戰術，全都來自於我的構想。」

「知道知道，你已説了不知多少遍了。」海倫有些不服氣，「你厲害，抓到山鬼都是你的功勞，你比博士還厲害，行了吧？」

「我可沒説比博士厲害。」本傑明連忙説，「我只要比你這個劍橋的厲害就可以了，這一切都證明了我們牛津的確實比劍橋的厲害，你還爭什麼呢？我看你們學校早點併入我們學校吧，牛津大學劍橋分院，我連名字都想好了……」

「本傑明，我這幾天看你受了傷，一直讓着你，現在你好了，我不打算遷就你了。」海倫感到很生氣，「你這個牛津的被山鬼往水裏拖時，是我這個劍橋的給你解圍的……」

「那是個意外，意外你知道嗎？」本傑明叫了起來，「我當時被偷襲……」

「噢，你們就不能説點別的……」保羅在一邊，整個身體趴在地上，雙手捂着頭，一臉痛苦，「這日子什麼時候完結呀……」

正在這時，門被推開了，橋本先生走了進來。海倫和本傑明看到橋本進來，連忙站起來並迎了上去。

「哈哈，救兵來了。」保羅高興了，看到傷癒的橋本，他倆當然暫時不再爭執，「橋本先生，你來得可真是時候。」

「啊？」橋本聽到保羅的話，稍微一愣。

「嗯，沒什麼。」海倫連忙説，「你都好了吧？」

「昨晚就好了。」橋本説，「今天早上起來，我感到身體和以前完全一樣了，聽説博士先生在製造對付魔怪的炸彈，我馬上過來看看。」

「這都是我的主意。」本傑明連忙邀功，他指了指海倫，「她這個劍橋的可沒這個頭腦……」

「噢，又來了！」保羅連忙捂着耳朵。

「你這個牛津的只會自我表現！」海倫不依不饒，「橋本先生，你説是不是？」

「你們……這個……」橋本頓時感到很頭痛，他在倫敦讀過書，當然知道自古就有的牛津和劍橋之爭，「啊，我去看看博士先生，他可真是無所不能呀……」

　　海倫和本傑明互相瞪着，一起跟了過去。博士看到了橋本，連忙停下手裏的工作，得知橋本痊癒了，很是高興，橋本説要參加下一次的行動，博士也一口答應。

　　「哇，這就是深水炸彈吧？」橋本看到了一枚即將組裝成功的炸彈，很激動，炸彈的外形像是一個圓桶，橋本上去敲了敲，發現圓桶是鐵皮的，「炸藥就放在裏面嗎？」

　　「對。」博士解釋起來，「裏面其實放着四枚上下排列的球狀凝固氣流彈，氣流彈被除去了彈片，因為我們不是靠彈片殺傷魔怪，而是要製造巨大的衝擊波。球狀的氣流彈放進這個鐵皮桶，中間會有間隙，我們用灌鉛的方式將間隙填滿，這樣的炸彈爆炸衝擊力最大。」

　　「真是太棒了！」橋本看着深水炸彈，「真是太讓人興奮了！有了這個傢伙，一定能抓住魔怪……」

　　「是我的主意！」本傑明連忙插嘴。

　　「嗯，謝謝。」橋本看看本傑明，他忽然眼含熱淚，「這樣木村君就不會白死了，我們一定要給他報仇！」

　　「你説什麽？」本傑明一愣，「木村……死了？我聽説一個叫木村的魔法師受了重傷呀。」

　　「本傑明，」海倫沉重地説，「木村先生死了，當時我們怕你精神受不了，所以……」

「啊？」本傑明說着坐在椅子上，「是這樣，我不知道⋯⋯」

心情沉重的本傑明不說話了，他一直呆坐在那裏，他沒有想到會有魔法師殉職，難怪那些天海倫一直悶悶不樂，他根本就沒有觀察出來。

「本傑明？」海倫看到本傑明這個樣子，關心地問。

「沒事，」本傑明看看海倫，「讓我一個人呆一會兒，我沒事。」

大家沒有再和本傑明說話，繼續談深水炸彈的事。本傑明坐在那裏，腦子有些亂，他經手的案件中，助戰的魔法師或者小精靈有很多，受傷的有，但是死亡的基本上沒有，本傑明一直以為魔法師是戰無不勝的，但是這次出現了死亡事件，他一時難以接受。

博士他們也沒什麼辦法，他知道讓本傑明靜一會，是一種很好也必須的調整。

橋本又談了一會就告辭了。博士說明天再製造出一枚炸彈，後天就可以和那個魔怪進行最後的決戰了。

本傑明的消沉情緒一直持續到第二天中午，這天的中午，博士製造好了最後一枚炸彈。看到所有炸彈製造完畢，本傑明很激動，他要為死去的魔法師報仇，恨不得馬上扛着炸彈去把山鬼轟出水面。

在魔法師聯合會吃過午飯，博士去倉庫又將製造好的深水炸彈審視一遍，然後帶着小助手們回到酒店，橋本也跟着去了酒店，他們制定了詳細的作戰計劃，然後認真地演練了兩遍，確保萬無一失。演練完畢，橋本去了警視廳，要求明天的行動警方要將現場周邊封鎖起來。

第二天天還沒亮，一直處於興奮狀態的本傑明怎麼也睡不着了，他爬起來，拉開窗簾，望着運河橋的方向，這時，有敲門聲，本傑明去開門，保羅走了進來。

「我聽到你起來了。」保羅一進門就説，他和博士住在隔壁，「睡不着吧？」

「睡不着。」本傑明説。

「睡一會吧。」保羅説，「中午才開始行動呢。」

「其實可以早點行動，不用一定要等到中午。」本傑明有些心急地説。

「午飯時間，走動的人少。」保羅説道，「這你知道，萬一那傢伙躥出來劫持人質，就麻煩了。」

「知道知道。」本傑明有些不耐煩了，「和海倫一樣，嘮嘮叨叨的，管家婆……」

「誰在説我？」海倫在外面邊敲門邊説，「可以進來嗎？」

「噢！」本傑明吐吐舌頭，連忙去開門。

「總是在背後説我是吧？」海倫一進門就説。

「嘿嘿嘿……」本傑明傻笑起來，「你也睡不着呀？」

「是呀！」海倫説，「總是想着今天的事……」

「海倫，你説我們今天能成功嗎？」本傑明忽然一臉嚴肅地問。

「這個……」海倫也嚴肅起來，「只要我們努力按照博士的計劃去做，一定能成功！」

幾小時後，東京時間上午十一點，東京都江東區砂町南運河方圓一公里的地區被警方封鎖起來，所有人不得出入這個區域，船隻也不能進入該區域。其實僅就運河橋的堤岸下來説，這個時間即使是不封鎖，也沒有什麼人來。

幾輛汽車開到了運河橋旁的堤岸上停下，博士他們走了下來，另外一輛車上，幾個魔法師搬下來六枚深水炸彈，炸彈呈圓桶狀，每個高不到半米，直徑不到二十厘米。深水炸彈有些重，魔法師們小心地將炸彈搬下堤岸。

河岸旁豎立着幾塊盾牌，十幾名魔法師站在那裏等候着。這裏已經被全方位控制起來，按照計劃，博士以運河橋南端西側為中心，設立三層的包圍圈，不包括博士他們在內，魔法師聯合會一共派出了三十名魔法師參加行動。

博士讓魔法師把深水炸彈放在飛盾後，看了看手錶，

此時的時間是十一點半，距離行動還有半小時。他叫來橋本和幾個魔法師，核對計劃進行情況，目前一切都在按計劃進行，沒有半點疏漏。

本傑明和海倫、保羅站在一塊飛盾後，看着緩緩流向東京灣的河水，本傑明咬了咬嘴唇，他似乎能看到水下那個隱藏着的魔怪，他們的到來將是魔怪的末日。

時間一點點地過去，臨近十二點，本傑明和海倫都有些激動，在場的魔法師各就各位，大家的目光全都聚集在博士身上。

博士顯得很平靜，大場面他經歷得太多了，他看看手錶，指針指向了中午十二點。

# 第九章　水面之戰

「行動開始。」博士看看橋本。

橋本快步走到一面飛盾後，他對兩個魔法師點點頭，兩個魔法師各自提着一枚深水炸彈，走到了河邊。

河面上，有一個紅顏色的浮漂，那裏其實就是「靶心」位置，是魔法師們上午根據河面下被炸出大坑的方位設置的。

兩個提着深水炸彈的魔法師站在河邊，博士從一面飛盾後走出來，站在兩個魔法師身後。而打開了發射架的保羅，一直跟在博士身旁。

「預備——」博士下令，「放——」

兩個魔法師接到指令，一起將深水炸彈向紅色的浮漂拋去，兩枚炸彈在空中劃了兩道弧線，「通——通——」地落入水中。

深水炸彈急速下沉，博士算了一下時間，深水炸彈落水後五秒，博士的雙手一起指向水底。

「炸——」博士唸出句魔法口訣，深水炸彈的起爆要用魔法口訣操控。

「轟——轟——」兩聲極為沉悶的爆炸聲幾乎重疊在一起，水面立即升騰起一股強大的水柱，岸上的魔法師們能感到極為強烈的震動，似乎大地在顫動。

水柱升起後，急速落下，大地停止了震動。保羅的魔怪預警系統始終對着河底搜索，他看看博士，有些緊張地搖搖頭。

博士沒有説話，他一直望着水面。在他旁邊的一個盾牌後，海倫和本傑明焦急地看着河面的情況，第一次爆炸後，海倫的幽靈雷達沒有任何反應，她焦急的表情也顯露出來。

本傑明急得有些抓耳撓腮，他擔心魔怪早就跑了，可是魔法師聯合會已經將這裏用儀器監控起來，沒發現有魔怪移動。

水面漸漸地平靜下來，博士看着平復下來的水面，沒有回頭，只是招招手。

那兩名魔法師又各自提着一枚深水炸彈來到岸邊，博士看到他倆就位，下令拋彈。

兩枚深水炸彈劃着弧線落入水中，第二次轟擊開始了。炸彈落水後，博士數到五秒，雙手指着水面。

「炸——」博士又唸出了口訣。

「轟——轟——」，這次水下那沉悶的爆炸沒有重

疊，而是一前一後。水面再次拱起巨大的水柱，雖然距離水柱有十米遠，博士和保羅還是感到有水花飛濺過來。

爆炸過後，高大的水柱落下，大地恢復了平靜。海倫和本傑明對視一下，只有最後兩枚炸彈了。

「小心──」岸邊的保羅忽然大喊一聲。

海倫手中的幽靈雷達上的紅色柱狀線轉瞬間就達到滿格，海倫還沒有反應過來，本傑明一把把她拉到飛盾後。

「轟──」的一聲，一枚魔力炸彈從水中被拋出，落在岸邊炸響，彈片隨即呼嘯着四處飛射，不過大家已經有了防備，有人用飛盾防護，沒有躲在盾牌後的博士和保羅已經用防護罩把自己保護起來。

「他來……」保羅喊道。

「了」字還沒有喊出來，只見山鬼從水中一躍而起，隨即落在岸邊，他剛剛落地，兩枚球狀的魔力炸彈就飛了過來，這傢伙很是靈活，低頭躲過了攻擊。

「包圍他──」博士下令。

十幾個魔法師將山鬼團團圍在岸邊，河對岸的幾個魔法師看到山鬼出現，各唸魔咒踩着水面圍了過來。運河橋上，三名魔法師也縱身跳下，踩着水面衝殺上來。

山鬼看到自己被包圍，氣急敗壞，他的腦袋被震得很暈，站立都不算穩，深水炸彈完全起到了作用。

「吼——吼——」山鬼怪叫兩聲，看到岸邊的魔法師眾多，叫了兩聲後轉身向河對岸跑去，這傢伙魔力也很高超，他的腳尖踏在水面上，行走如飛。

「站住——」本傑明叫了一聲，想追上去。

博士一把拉住本傑明，告訴他不用追趕，隨後冷笑着看着山鬼的背影。

山鬼剛跑到河中心，迎面遇上殺過來的幾個魔法師，他連忙出招，魔法師們不慌不忙，展開反擊，他們在河中心的水面上展開了激戰。

急於逃命的山鬼連出狠招，魔法師們為了給死去的木村報仇，反擊更加猛烈，山鬼確實厲害，他踢倒兩名魔法師，出拳砸中一個魔法師，但是另外的魔法師毫不畏懼，被踢倒的兩名魔法師不顧傷痛，起身繼續攻擊。

「嗖——嗖——嗖——」，山鬼高高躍起，向水面上的魔法師連射幾枚火球。

魔法師們閃身躲過，還沒等他落下，幾道綠色的射線飛向山鬼，他連忙避開，剛剛落下，一道閃光「嗖」地飛來，穿過了山鬼的身體，這道閃光是被山鬼砸倒的魔法師躺在地上射出的。

「吼——」山鬼大叫一聲，他的身體出現了一個直徑兩厘米的圓形貫穿洞，這傢伙差點摔倒，不過他穩住了腳

步。

「炸——」山鬼唸了句口訣，兩枚白色光團在他身邊出現後爆炸，隨即一股濃密的白霧形成。

在河岸邊觀戰的博士等知道山鬼此舉是射出掩護逃跑的霧彈，不過他們依舊沒有採取行動。只見山鬼從迷霧中衝出，向河的上游方向逃去，剛剛跑了十幾米，迎面十幾道閃光迎面飛來，十幾個魔法師站在水面上，邊射擊邊衝鋒，他們早就恭候多時了。

山鬼大吃一驚，他慌忙躲閃，不過肩膀還是被一道閃光射穿，這傢伙慌不擇路，又向博士這邊跑來。

保羅看到山鬼跑來，發射架立即對準了他。

「不用，這次能抓活的。」博士連忙制止保羅。

山鬼嚎叫着，衝了上來，當他看見博士以及他身後站着的十幾個魔法師，一愣，隨即站在原地。這時他身後和兩側的魔法師衝上來，將他團團包圍。

「你——」博士指着山鬼，「馬上投降，你跑不掉了——」

山鬼沒説話，只是惡狠狠地瞪着博士。

「吼——」山鬼突然一揮手，他才不肯投降呢，而是向博士射出了一枚魔力炸彈。

博士一閃身，炸彈飛了過去。他皺皺眉，向前邁了一

步，想親自和山鬼交手。

「讓我們來——」本傑明和海倫拉住了博士，隨後兩個人一起踩着水面衝了上去。

山鬼看見兩個小魔法師衝上來，揮拳就打，本傑明一閃身，躲過了攻擊，山鬼轉身去踢海倫，看準這個機會，本傑明飛起一腳，正好踢在山鬼的腰上，這傢伙慘叫一聲，接着又挨了海倫一拳。

「哼——」山鬼惱羞成怒，他雙拳舞動，「呼呼」地帶着風聲砸向本傑明，本傑明揮手迎擊，「啪」的一聲，當他的手臂接觸到山鬼的手臂，突然感到巨大的衝擊力，本傑明當即被彈開，倒退幾步，差點摔倒。海倫飛身上前，一腳踢向山鬼，山鬼也不躲避，他一揮手，手掌砍在海倫腳腕上，海倫就像被堅硬的石塊擊中，翻倒在地。

魔法師中，一個身影一閃，橋本衝上來助戰，正當山鬼想繼續攻擊倒地的海倫時，橋本出現在他的面前，看到山鬼，橋本眼裏滿是怒火，他的雙拳帶着滿腔的仇恨，直擊山鬼，山鬼的拳頭迎出去反擊，「噹」的一聲，山鬼沒想到橋本有那麼大的力量，他嚎叫着，手臂像是斷了一樣，他後退兩步後倒在地上，橋本則穩穩地站在原地，紋絲不動。

「嗨——」本傑明衝上去飛起一腳，山鬼被踢得翻了

一個身。

「嗨——」海倫高高躍起，重重落下，她一拳砸在山鬼的胸口，山鬼大叫一聲，躺在地上。

大家都沒有再動手，他們知道山鬼受此打擊，基本上沒什麼反擊力了。果然，山鬼喘着粗氣，頑抗意圖盡失，他只是微微地抬起身子，顯得非常吃力。突然，山鬼嘴裏默唸口訣，他的左右兩手出現了兩枚魔力炸彈。

橋本他們連忙擺好姿勢，準備躲避他的炸彈襲擊，不過山鬼根本就沒有拋出炸彈的意思，他把兩枚炸彈舉到自己的腦袋旁，那意圖很明顯，他想自殺。

「飛——」就在山鬼要唸口訣引爆炸彈的時候，博士雙手指向山鬼，唸了句口訣，只見兩個比足球小些的氣團急速飛向山鬼，旋即包裹住山鬼手裏的炸彈，「延遲引爆——」

山鬼唸出了爆炸的口訣，但是被氣團包裹的炸彈在博士的咒語下，沒有爆炸。山鬼一驚，這時博士的雙手又一劃，兩個氣團脫離了山鬼的手臂，隨後飛進了水中。入水幾秒鐘後，「轟——轟——」的兩聲悶響，炸彈在水中爆炸了。

山鬼似乎還不甘心，這時兩根長繩子從空中落下，將他上下捆綁起來，這是本傑明和海倫拋出的捆妖繩。山鬼

被牢牢捆住，他掙扎了幾下，但毫無作用，山鬼無望地躺在地上，不再掙扎了。

# 第十章　魔怪來自荒川源頭

橋本走過去，把山鬼提起來，回到岸邊，他把山鬼往岸邊一扔，山鬼落在博士的腳邊。

大家都圍過來，博士看看山鬼，然後把頭轉向橋本。

「我需要答案，要問問他，你來翻譯，現在不能刺激他。」

「嗯。」橋本點點頭，對山鬼説，「喂，睜開眼睛，你沒死，我們知道。」

山鬼的氣息已經變得很平緩了，他還真是聽話，馬上睜開了眼睛，不過他沒有看橋本，只是好奇地盯着博士，然後還看了看本傑明和海倫。

「噢！」博士猛醒似的，「我明白了。」

「什麼？」本傑明連忙問。

「先是躲在山裏，後來不知道怎麼躲在水裏的傢伙。」博士指指山鬼，「一定是沒有見過外國人，這麼近距離地看我們，他的眼裏充滿了好奇。」

「為什麼？」山鬼突然開口了，他瞪着橋本，「他們怎麼都長得這個樣子？眼睛是藍色的，這不是進化的，我

能看出來。」

　　橋本連忙把這話翻譯給博士，博士笑了，他彎下了腰。

　　「你只要回答我幾個問題，我就告訴你我為什麼是這個樣子。」

　　「問題？」山鬼疑惑地説，「什麼問題？」

「也沒什麼，就是你從哪裏來？你好像是個山鬼呀，怎麼跑到河裏了？」博士聳聳肩，「這個問題對你來說不難回答吧？」

「我從哪裏來？」山鬼用奇怪的目光打量着博士，「我是山鬼，從山裏來的！」

「具體一些。」博士看看山鬼並不抗拒，連忙説，「哪座山？」

「那邊，」山鬼用頭指了指西北方向，「軼父山，我就住在那裏。」

「是荒川的水源地。」橋本先看看博士，又看看那些魔法師，「在埼玉縣境內，距離這裏有上百公里……」

那些魔法師聽到山鬼的話，也開始議論紛紛，這傢伙果然不是一個水怪。

「你住在山裏，怎麼跑到河裏了，還跑了這麼遠的距離？」還沒等博士發問，橋本先好奇地問，這也是大家最想知道的疑問。

「我怎麼知道？」山鬼沒好氣地説，「我才不願意來這裏呢，我是住在山裏的，這裏的船那麼大，還會叫，嚇死我了，我才不願意來這邊呢……」

「那你怎麼來了？」橋本打斷了山鬼的話，他和大家都明白，這個山鬼以前沒有見過機動船。

「我……我……」山鬼似乎猶豫起來，「我不是自己要來的，我很早以前……我……我……」

「喂，我説……」博士笑了笑，「看你的情況，估計有上千歲了吧？很早以前的事，説了沒什麼關係的，再説你不想知道我為什麼是這個樣子嗎？」

「嗯！」山鬼狠狠地點點頭，「那我就説，我……我比你們都老，我有三千歲了，也許四千歲……我記不清了……」

山鬼説着頓了頓，博士認真地望着他。

「我住在軟父山中，那時我很年輕，非常年輕，我吃山裏的動物。」山鬼繼續説道，「後來，山裏來了一個魔法師，他抓住了我，説我一定會害人，因為我是個山鬼，他就把我裝進一塊黑色魔石裏，還用寶劍在上面刻上了

咒語，叫我永遠不能出來。」

「你被魔法師抓住，他沒有消滅你？」橋本很奇怪。

「沒有，他説我還沒有殺過人，沒有太大罪行。」山鬼説，「那時我確實沒有殺過人，很少有人進山，我連機會都沒有……」

「那你怎麼會出來的，還跑到河裏去了？」橋本繼續問。

「魔法師把我裝進魔石後，我被壓縮成一團，很難受，魔石內核是空的，有個很小的圓洞，我就被壓縮在那裏，不難受才怪，我唸咒語想出來，可怎麼也出不來。」山鬼説，「他在外面對我説會把我埋在山坡上，還説我唸什麼咒語也沒用，只要刻着的咒語不消失，我就永遠出不來。他説完就把我埋在山坡上，這樣過了有兩百多年，有一天，山搖地動，我聽見身邊的石頭開始滾落，後來感到我也動了，魔石滾下山，下面就是荒川，我就掉到了河裏！」

「是地震！」博士明白了什麼，「一定是地震，日本是地震多發帶呀。」

「嗯，一定是這樣的。」本傑明説完看看海倫，海倫點點頭。

身邊的魔法師們也表示同意，看來那是一次震級比較

大的地震。

「……後來我就感到被水沖着，沒多長時間，就移動一段路。」山鬼語速稍微放緩了一些，「大概又過了上百年，我就被沖到荒川河的盡頭那裏，不再動了，這是我出來以後才知道的。我出來以後看到，魔石被卡在河底兩塊巨石的縫隙中，再也不能動了。」

「可你怎麼能出來呢？」保羅插嘴問道，「魔石上有咒語呀！」

「會説話的狗！」山鬼直直地盯着保羅，「狗也會説話了！這個世界完全變了！船會叫，狗會説話，有些人的模樣也變了……」

説着，山鬼又看看博士。

「嗨，這不重要，我為什麼會説話一會告訴你。」保羅説道，「你怎麼會出來的呢？」

「老伙計，」博士制止了保羅，「這個不用問了，是水流造成的。」

「水流？」保羅問。

「泉水下的石塊，能被長年滴水的水滴穿個洞。水底的圓石當年可都是有棱角的，在水裏慢慢被磨圓了。」博士解釋道，「魔石被卡在荒川河口，那裏的水流速很快，幾千年的沖刷，即便是魔石，石塊上的咒語也會被水流慢

慢磨掉。」

　　大家恍然大悟，他們覺得博士的判斷完全合情合理。

　　「反正我逐漸覺得壓力減小，每天都試着衝出去，前些天，我又試了一次，就衝出了石頭。」山鬼得意起來，「我剛出水面，水上來了一艘大船，比我以前在山上看到荒川河裏的船大多了，而且不用人划，那船『轟轟』亂響，自動前進，還會叫，嚇得我又鑽進魔石裏去，我覺得它要來攻擊我……」

　　「等一下。」博士想到了什麼，他環視着大家，「這就是他為什麼不敢襲擊船上的人的原因，現代的大船小船都是機動船，他還以為是什麼強大的怪物。」

　　大家都點頭表示同意，山鬼聽到博士的話，也沒有反駁。他沒見過機動船，的確有恐懼心理。

　　「好吧，接着說，你看到『會叫』還自動前進的船之後，害怕得又鑽進魔石了？」博士繼續問。

　　「我沒地方去，只能自己鑽進去，反正我能進能出了。」山鬼理據十足地回答。

　　「你說魔石卡在荒川河口，可怎麼到了這裏？」博士指指運河橋下。

　　「別着急呀。」山鬼好像還猶有餘悸，「我還沒說完呢……大船走了好半天，我才敢出來，我想到陸地上去，

130

可是看見陸地上有很多怪物在街上跑來跑去，裏面坐着的是人類，怪物也會叫，嚇死我了⋯⋯」

「他説的應該是汽車。」博士看看大家。

「我覺得還是在水裏安全，可是荒川那裏不能呆，那裏全都是會叫的大船。」山鬼繼續説，「荒川流進的大水灣更不能久留，那裏有更大的船。我看了看，就這條小河這邊來往的船不大，還算安全，就抱着魔石來到小河的橋下面，把魔石放在河底，我不敢住在陸地上，就住在魔石裏，那是我熟悉的環境。我想先安頓下來，再看看該去哪裏，我想回山裏去，可是這邊沒有山，也不知道該怎樣去山裏，其實我被困在這裏了⋯⋯」

「他説的荒川流進的大水灣應該就是東京灣。」博士看看大家，「魔石本來是禁錮魔怪的東西，現在反倒幫了他，這可是那個魔法師沒想到的。」

「地震他也沒想到。」一個魔法師插話道，「否則這傢伙永遠就被埋在山裏了。」

「嗯，」博士點點頭，他又低下頭，看着山鬼，「魔石還在水底嗎？」

「在。」山鬼説，「你們翻動過，但是不會知道我在那裏。」

「黑色的嗎？」博士連忙問，「上面還有字嗎？」

「仔細看才能看出來。」山鬼説。

「馬上把魔石撈出來。」博士指指河底。

海倫和幾個魔法師連忙唸避水咒下到河底，他們點亮了亮光球，不到十分鐘，一個魔法師就發現了魔石，魔石上的字不仔細看根本看不出來，魔石基本上被磨圓了，和其他石塊沒什麼區別。

魔石被帶出水，交到博士手裏，博士看不懂上面的文字，連忙問橋本。

「進入此石……者……」橋本仔細辨認着，唸道，「永遠……被鎖其中。」

「嗯，這就是咒語了。」博士微微地點着頭，「被施了魔法，永不失效，但是字跡被磨平，魔力漸除，這傢伙就出來了。」

「博士，我探測了一下石頭裏的情況。」保羅指指山鬼，「這傢伙住在裏面，裏面一定有極強的反應，但是和以前一樣，我什麼都測不出來，這石頭似乎能規避探測。」

「哼！」山鬼冷笑一聲。

「喂，你笑什麼？」保羅瞪着山鬼。

「你們探測不到的。」山鬼眼睛斜視着魔石，「那個魔法師當時説了，因為我沒有害過人，他把我永久禁錮

在裏面，也不希望今後有魔法師經過時探測到我，會把石頭砸開殺害我，因此就在魔石內核的內壁上施了咒，所以你們那套探測我的辦法沒用，只要我自己不出來，你們就永遠不知道我在裏面，而我在裏面卻能感知到你們的存在。」

「這麼厲害？」保羅很是吃驚，「博士，古代和我的探測手段一樣嗎？我的高科技手段應該更厲害吧？」

「魔怪預警系統、魔怪探測儀和古時利用魔怪特性定位找尋的原理其實是一樣的。」博士說，「我只不過把這些技術模組化、科技化了，以前找不到，現在也一樣，當然，這要那個魔法師有很高深的法力，否則會有魔怪反應洩露的。」

「我明白了。」本傑明恍然大悟，「我說呢，魔怪跳進水裏就不見了，怎麼探測也找不到，原來他一兩秒鐘就鑽進了魔石，所以我們找不到。」

「這就是他有恃無恐的地方。」博士說，「屢次出來偷襲，知道岸邊有魔法師也不怕。」

「不過他還是被震出來了。」海倫做出一個晃動的手勢，「魔石應該是沒有抗衝擊和震盪的功能，那不是一塊無所不能的魔石⋯⋯在裏面也很難受吧？」

說着，海倫輕輕踢踢腳邊的山鬼。橋本把海倫的話翻

譯了給山鬼聽。

「難受！快被你們給震死了！」山鬼瞪着海倫，一副不太服氣的樣子，他能看出博士是這些人的首領，「你們這些藍眼睛，有手段！」

「那個魔法師呀……」博士遺憾地說，「哎，他應該知道魔怪總是要害人的，他太善良了，法力很高，但是考慮問題欠妥……不過，也不能全怪他，要是沒有地震，這傢伙就永遠被禁錮在魔石裏，不會出來害人。」

「但是後來發生了他沒有意料到的事。」橋本也不無感慨，「三條人命呀……」

「兩個從橋上經過，被你跟蹤的平民是你殺的吧？還吸了血？」博士說這話的時候，臉色完全陰沉下來，他直視着山鬼。

「我……我要吃飯，我要活着離開這裏……」山鬼毫無悔意地說。

「你沒有在橋的西側登陸跟蹤。」博士不客氣地打斷山鬼，指指東側，「你是在那邊隱藏在水裏，發現有人經過就登陸跟蹤受害者。你不敢直接下手，而是跟蹤受害者到僻靜處下手，因為你怕被發現，這也是你為什麼不敢在荒川那邊的河岸襲擊的原因，因為那邊人很多。此外，因為不用長時間躲在水中，你沒有唸避水咒，所以出水後頭

134

髮是濕的。」

「嗯！」山鬼一副滿不在乎的樣子，「你全説對了。」

「你為什麽襲擊他呢？」博士指指本傑明，「是看出來他是魔法師，還是又想吸血了？」

「沒想過吸魔法師的血，只想殺死他。」魔怪惡狠狠地説，「我能感到你們在找我，也知道你們是魔法師，我襲擊他是因為他落了單，而且就在我眼前⋯⋯可惜，我速度還是慢，沒把他拖進水裏就被發現了。」

「妄想！」本傑明不屑地説，「還想殺了我？哼！你後來還向魔法師們扔炸彈，岸邊一次水中一次，是不是想把他們全給炸死呀？」

「當然，」山鬼也很不屑，「你們反覆在水裏找我，我當然要除掉你們，真可惜呀⋯⋯我的炸彈威力還是不夠大⋯⋯」

「炸彈威力夠大。」海倫打斷他，「但我們的法力更大，這才是你沒想到的。」

「你的衣服哪裏來的？」博士沒有再談被魔怪襲擊的事，魔怪和魔法師是天敵關係，魔怪遭到魔法師搜索，經常率先展開攻擊。他指着魔怪身上的衣服，「這是這個時代的衣服。」

「那邊有個大院子，院子裏晾的衣服。」山鬼看看小島西面的工廠，「我去那裏拿來的，我本來沒有衣服，如果這樣走出去跟在人類後面會被發現。」

「所以你穿着人類衣服，還變化了模樣。」博士説。

「嗯。」

「我還有個疑問。」博士想了想，「過了橋不遠處有排長凳，上面經常坐着一個老婆婆，你不會不知道吧？你沒有對她下手？」

「她太老了，血不新鮮！」山鬼極其冷酷地説。

「你……」海倫感到陣陣寒意，「你就不能吃些魚蝦什麼的？河裏有很多魚，你不會不知道吧？」

「有人類時我還是會選擇人類。」山鬼冷笑着看着海倫，「其實……我還可以告訴你一個秘密，算是贈送的。」

「什麼秘密？」海倫顯得很好奇。

「你們人類的鮮血很鮮美，真的，我喜歡人類的鮮血！」山鬼陰冷地笑着説。

「你説什麼？」本傑明舉着拳頭，要砸上去。

博士拉住了本傑明，在場的魔法師們也非常氣憤，魔怪的本性是無法悔改的，這點他們從一進入魔法界就知道了。

「你聽着，」博士一臉嚴肅，望着山鬼，「我想你沒有隱藏什麼，當然，你也完全明白，現在隱瞞什麼也沒用。那麼，現在我來滿足你的好奇，我為什麼長這個樣子，這個嘛……一句話兩句話説不完，我只想告訴你，我們來自萬里之外，我們生下來就是這個樣子，你看那些種類不同的大樹，都有樹幹，都有樹葉，但是樹幹和樹葉的外貌也各不相同……其實你不用知道得太多，這對你來説沒有任何意義。」

「我明白，」山鬼閉上了眼睛，「我……當年被那個魔法師抓到，我以為自己完了，沒想到又過了這麼多年，我也喝到了人類的血，我……」

「收進裝魔瓶吧。」博士沒等山鬼説完，看看海倫，「沒什麼好説的了。」

海倫點點頭，掏出了裝魔瓶，她高高舉起裝魔瓶，唸了一句口訣，只見山鬼飛了起來，綁着他的兩條捆妖繩則自動解開，飛到本傑明的手裏。山鬼化成一團煙氣，轉瞬間就被收進了裝魔瓶，三天之後，他將化成清水，再也不能害人了。

「通過這件事，我們要記住一個教訓。」博士接過海倫遞過來的瓶子，語氣沉重，「做事情要考慮全面，上千年前的一個魔法師的失誤，過了這麼多年產生了嚴重的後

果……」

　　說着，博士的目光轉向不遠處的東京灣，東京灣上，一艘巨輪正緩緩地進港，荒川和砂町南運河的河水，永不停息地注入到東京灣之中，一切都恢復了往日的景象。

# 尾聲

二天後，東京羽田國際機場。

本傑明抱着保羅，坐在一排椅子的最頂端，他不時地往門口看，在他的身邊，博士和海倫在和兩名前來送行的魔法師説話。

「怎麼還不來呀？」本傑明望着門口那邊，有些焦急地説。

「距離飛機起飛時間還早呢，會來的。」保羅小聲説道，「你不要着急。」

「我也不是着急，可是橋本送了我那麼多禮物，我還是要再次道謝的。」本傑明説，忽然，他看看保羅，「我説，博士這次讓你和我們一起乘客艙，是表彰你這次破案表現好，不過沒有讓你多説話。」

「是你問我的……」保羅連忙説。

橋本本來要一起來送行的，但是昨晚他打電話説有事，稍晚一些到機場，昨天下午橋本給本傑明和海倫買了一大箱子禮物，兩人覺得很不好意思。

正説着，只見橋本拉着一個旅行箱匆匆地走了進來，

本傑明連忙站了起來。

「橋本先生來了。」

看到橋本來了，大家全都圍了上去，兩個魔法師都笑瞇瞇地望着橋本。

「橋本先生，謝謝你來送我們。」本傑明一看到橋本就説，「感謝你送那麼多禮物給我們……啊，你又拉了一個箱子來，真不好意思，我們不能再收禮物了……」

「呵呵……」橋本神秘地一笑。

「嗯？」博士看着橋本，感到橋本要説什麼。

「其實……我不是來送你們的，我是要和你們一起去倫敦！」橋本説着，激動地揮舞着手臂。

「啊！太好了！」海倫和本傑明都叫起來，他們感到非常意外。

「是去參加校慶，本來有個重要的會議，沒時間去，剛好那個會議推遲了，我可以去參加校慶了。昨天中午才知道這消息，馬上訂了和你們一個航班的機票。」橋本説着指指兩個魔法師，「我請他們兩位先不要説，想給你們一個驚喜。」

「這可真是一個大驚喜。」本傑明很興奮，「等到了倫敦，我要帶你好好玩玩，你還沒去過倫敦吧？我帶你去大笨鐘、泰晤士河、摩天輪……」

「喂！」海倫大叫一聲，「本傑明！」

「什麼？」

「真是一時糊塗一時明白。」海倫笑着説，「橋本先生都説了，是參加校慶，橋本先生是倫敦大學畢業的。」

「啊！」本傑明一拍腦袋，大家都看着他笑，「我忘了，我忘了……」

麥克警長，蘇格蘭場（倫敦警察廳）高級督察，南森和警方的聯絡人，也是一名大偵探，屢破奇案。當然，他所偵辦的都是人類世界中的案件。一起來看看他偵辦過的案件，運用你的推理能力，想一想他是如何破案的呢？

# 從未來過

麥克警長帶着助手匆匆趕到郊外一片聯排別墅前，一個男子看到警車前來，立即走上來，告訴麥克他叫本森，就是他報的案，原因是他的好友阿斯特打電話給他，說因為經營公司失敗，想要自殺，隨即就掛上了電話。本森連忙趕到阿斯特的家，敲不開門，於是連忙報警。

麥克立即叫助手使用帶來的衝擊錘撞擊開大門。

「哎，可能晚了，阿斯特搬到這裏後，我這還是第一次來，這裏的路彎彎曲曲的不好找，我找了半天才找到。」本森憂心忡忡地說，「找到後叫不開門才報警的。」

「你叫救護車了嗎？」麥克問。

「沒有。」本森搖搖頭。

「你應該把救護車也叫來，如果有問題搶救也及時。」

麥克立即撥打了救護電話。

「我是想打的，可是剛給你們打完電話手機就沒電了……」本森委屈地说。

大門被撞開，麥克他們沖了進去，發現阿斯特已經服藥自殺了。麥克檢查了一下，發現阿斯特搶救不過來了。

這時，門口圍過來好多鄰居，向裏面張望。

「快去大門口，拉警戒線，別讓他人進來。」麥克對助手说，隨後看看本森，「幫忙再打個報警電話，把我們警察局的法醫叫來吧，這裏需要現場勘驗。」

本森答應一聲，立即上了二樓。

沒一會，本森下來了，告訴麥克法醫馬上就到。

「兇手其實也應該是找到了，這不是自殺。」麥克忽然看着本森，「你和這件事有關聯，因為你说了謊。」

果然，本森说了謊，阿斯特是他下藥殺害的，隨後又假裝報警。

### 請問，麥克警長從哪里看出本森 說了謊呢？

答案：本森說自己第一次來阿斯特家，但麥克卻讓他打電話，他直接上了二樓，初來乍到一次來，普通人都知道電話設在二樓的。

**魔幻偵探所 18**

**東京灣殺人事件** （修訂版）

作　　者：關景峰
繪　　圖：陳焯嘉
策　　劃：甄艷慈
責任編輯：龐頌恩　葉楚溶
美術設計：李成宇
出　　版：新雅文化事業有限公司
　　　　　香港英皇道499號北角工業大廈18樓
　　　　　電話：（852）2138 7998
　　　　　傳真：（852）2597 4003
　　　　　網址：http://www.sunya.com.hk
　　　　　電郵：marketing@sunya.com.hk
發　　行：香港聯合書刊物流有限公司
　　　　　香港新界大埔汀麗路36號中華商務印刷大廈3字樓
　　　　　電話：（852）2150 2100　　傳真：（852）2407 3062
　　　　　電郵：info@suplogistics.com.hk
印　　刷：中華商務彩色印刷有限公司
　　　　　香港新界大埔汀麗路36號
版　　次：二〇一九年六月初版

ISBN : 978-962-08-7322-5
© 2013, 2019 Sun Ya Publications（HK）Ltd.
18/F, North Point Industrial Building, 499 King's Road, Hong Kong
Published and printed in Hong Kong